PÉNÉLOPE
LA PARFAITE

TOME 2 LA CLASSE VERTE

CHRISSIE PERRY

Héritage jeunesse

CHAPITRE UN

Pénélope Fortin sait qu'elle
devrait être excitée d'aller
en classe nature. Elle
s'efforce donc de ne pas
se sentir anxieuse. Mais
elle a parfois du mal à faire
la différence entre l'excitation

et l'anxiété. En fait,
un moment elle se sent
excitée, puis l'instant d'après,
BOUM ! elle devient inquiète
et nerveuse.

   Pénélope a appliqué
quelques techniques
de relaxation durant
les semaines qui ont précédé
la classe nature. Elle s'est
rappelé qu'elle a déjà passé
la nuit ailleurs que chez elle.

Pas autant de fois que d'autres filles, mais elle a dormi chez grand-papa André à plusieurs reprises. En première année, elle a aussi participé à la soirée pyjama qu'Aurélie avait organisée pour sa fête, et elle s'est très bien débrouillée.

En plus, elle est déjà allée en classe verte l'année dernière.

Repenser à la classe nature de l'année dernière ne l'a pas beaucoup aidée, par contre. En fait, les joues de Pénélope deviennent rouges et son cœur se met à battre la chamade dès qu'elle y songe. Malheureusement, la classe verte de l'année dernière ne s'est pas très bien déroulée. D'abord, monsieur Joseph leur a fait

grimper une montagne

excessivement haute.

Pénélope a pleuré (que des larmes, pas de sanglots).

Pénélope a aussi piqué
une colère quand elle a
découvert que Joannie
(la fille la plus indisciplinée
de la classe) avait déposé
de la lasagne au fond
de son sac de couchage.

Pénélope essaie aussitôt
de penser à autre chose.

Cette fois-ci, ce sera
différent. Totalement différent.
Après tout, elle a vieilli d'une

année. Même si (à son grand désespoir) elle n'a grandi que de deux centimètres, et qu'elle est toujours la plus petite de sa classe, Pénélope a gagné en maturité.

Et (le plus important de tout) cette fois-ci, elle aura une meilleure amie assise à côté d'elle dans l'autobus et avec qui elle pourra partager une cabane.

Pénélope a décidé qu'elle ne pleurerait pas cette année. Elle ne piquera pas de colère non plus.

Si elle piquait une colère au Camp Papillon, Pénélope ne se le pardonnerait *jamais*.

Pénélope ouvre la pochette cachée à l'intérieur de son sac de voyage, qu'elle a d'ailleurs méticuleusement préparé. Elle sort sa Liste

Ultrasecrète. C'est une courte liste, et Pénélope la connaît par cœur. Par contre, le fait qu'elle soit dans son sac et qu'elle pourra la consulter à tout moment lui sera d'une grande aide.

Liste pour un camp réussi
1. Pas de crise
2. Pas de pleurs
3. Remporter (au moins) un prix
4. Essayer toutes les activités ❀ ❀ ❀

Pénélope est certaine de pouvoir respecter les trois premières règles. Depuis qu'elle a rédigé sa liste (il y a six jours, quand elle a fait ses bagages), elle n'a pas changé d'idée une seule fois.

Elle est cependant moins convaincue par la quatrième règle. Le camp de cette année est réputé pour la difficulté de ses activités, et celles-ci

semblent beaucoup plus
terrifiantes que le fait de
grimper sur une montagne
(même rocailleuse et abrupte).

Pénélope est en train de
se demander si elle devrait
effacer la quatrième règle
de sa liste (ce qui laisserait
un vide sur la feuille), ou
si elle devrait plutôt mettre
un point d'interrogation à
la fin, lorsque son téléphone

sonne. Il n'est que vingt
heures, mais Pénélope a déjà
pris sa douche et est prête
à aller se coucher. Elle
souhaite passer une bonne
nuit de sommeil avant
de commencer le camp.

Puisque c'est sa meilleure
amie qui a programmé
la sonnerie (*Boing*,
une sonnerie qui fait
sursauter à tous les coups

et que Pénélope n'aurait
jamais choisie), Pénélope sait
précisément qui l'appelle.

‗ Un éclair de bonheur
traverse son corps. ‗

Elle met un (très élégant)
point d'interrogation à la fin
de la quatrième règle de sa
liste, efface «toutes les» et
écrit (en petits caractères,
afin que ça rentre
parfaitement) «la plupart

des » entre « essayer »

et « activités ».

   Puis elle répond

au téléphone.

— Salut Bob ! lance-t-elle

à sa meilleure amie.

— Je suis *super* énervée, Pen !

s'exclame Bob.

   Pénélope n'a jamais aimé

qu'on abrège son nom.

En fait, il n'y a que deux

personnes qui ont le droit

de le faire sans qu'elle se fâche. Heureusement, Bob (sa meilleure amie) est l'une d'elles.

— C'est demain ! poursuit Bob. *De-main* ! Peux-tu le croire ? On va faire le parcours aventure ! Et on va faire de l'escalade ! Et la catapulte ! *Ayoye* ! C'est géant !

Pénélope fronce les sourcils. Les élèves ont abondamment

parlé de la catapulte
à l'école. Chaque fois que
quelqu'un y faisait mention,
Pénélope avait un nœud
dans l'estomac.

Elle est pratiquement
certaine que les élèves
exagèrent à propos de
la hauteur de la catapulte.

Félix Auger (qui a
l'habitude de déformer
la réalité) a été assez fou

pour insinuer qu'elle fait

au moins quinze

mètres de haut.

C'est totalement

impossible !

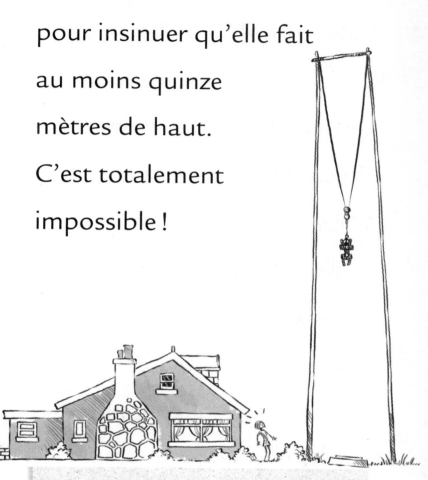

Après tout, la maison de Pénélope
a bien deux étages, et elle ne mesure
que six mètres.

Pénélope ferme les yeux et s'imagine en train de se balancer dans le vide au bout de la catapulte. En fait, elle se perd tellement dans ses pensées qu'elle est soudainement prise de vertige et oublie qu'elle est au téléphone.

— Pen ? Es-tu toujours là ? demande Bob.

— Oui, répond Pénélope, heureuse d'être de retour sur terre. Et Bob, n'oublie pas la course d'orientation et le feu de camp.

Pénélope sait qu'elle ne sera sûrement jamais bonne en sport, ou toute autre activité physique, mais elle est certaine de pouvoir exceller dans d'autres choses.

— Ça va être malade,
s'écrie Bob.

Pénélope glousse. Bien
qu'elle se soit habituée à
la manière de parler de Bob,
ça la fait encore rire. C'est
aussi la coupe de cheveux
de Bob (extrêmement courts
autour des oreilles et hérissés
comme la crête d'un coq sur
le dessus) et son insistance
à se faire appeler Bob plutôt

que Béatrice Ouellet-Brière

(son véritable nom) qui

en font une meilleure amie

unique et géniale.

— Je me demande avec

qui nous partagerons

notre cabane, dit Pénélope

une fois qu'elle a cessé

de rire.

Tous les élèves ont dressé

la liste des trois personnes

avec qui ils aimeraient

partager une cabane.

Pénélope et Bob ont chacune

inscrit le nom de l'autre

en tête.

   Madame Pépin leur a déjà

assuré que chaque élève allait

avoir son premier choix.

Mais ils ne connaîtront

l'identité des autres élèves

qui partageront leur cabane

qu'une fois sur place.

— Ça m'est égal, répond

Bob. Sara et Aurélie,

ce serait bien.

— Ou peut-être Émilie

ou Alice, poursuit Pénélope.

— Même avec Joannie,

ce serait amusant,

ajoute Bob.

Après l'incident de

la lasagne, Pénélope n'est

pas certaine de vouloir

partager une cabane

avec Joannie. Joannie est *incontestablement* la fille la plus méchante qu'elle ait jamais connue. Elle a aussi la vilaine habitude de sortir la langue n'importe quand.

Malgré tout, elle a *quelques* belles qualités. Par exemple, Joannie s'est excusée auprès de Pénélope pour avoir mis de la lasagne dans son sac de couchage.

—Oui, même Joannie ferait l'affaire, répond Pénélope.

Les filles gardent le silence pendant un moment.

—Pourvu que ce ne soit pas...

—Non ! lance Pénélope. Ne dis même pas son nom, ou tu nous porteras malheur.

—OK, convient Bob. Je ne dirai pas que son nom commence par «V». Et je ne dirai pas que la lettre

suivante est...

—Je dois te laisser,

l'interrompt Pénélope.

   Bien qu'elle ait *semblé*

mentir, et qu'elle voulait

arrêter de parler de

la personne avec laquelle

elles ne souhaitent vraiment,

mais vraiment pas partager

une cabane, c'est pourtant

vrai qu'elle doit raccrocher.

Elle doit de façon urgente

faire son enquête

sur la véritable hauteur

de la catapulte.

CHAPITRE DEUX

Même si la plupart
du temps, Pénélope est
calme et sensible, elle peut
parfois (elle l'avoue)
se montrer autoritaire
et grincheuse. C'est comme
s'il existait deux Pénélope.

C'est la Pénélope fâchée et frustrée qui (parfois) pique des crises. C'est très épuisant et embarrassant, alors elle s'est entraînée à maîtriser sa colère. Elle est bien déterminée à respecter la règle numéro un de sa liste.

Au lieu de s'inquiéter sans savoir, elle décide de taper « Camp Papillon » dans le moteur de recherche de son iPhone. Elle a déjà consulté le site Internet auparavant, mais elle a un soudain besoin de vérifier la hauteur exacte de la catapulte. Et puis elle est certaine d'avoir vu le mot « facultatif » quelque part.

Si elle n'est pas *obligée* de faire la catapulte, elle mettra toute son énergie dans une autre activité. (Pénélope est contente d'avoir modifié sa liste

pour « essayer *la plupart*

des activités ».) Elle est

certaine de pouvoir bien

réussir la course

d'orientation. C'est

une activité qui requiert de

la méticulosité, et Pénélope

est infiniment méticuleuse.

Elle vient de taper les six

premières lettres dans

le moteur de recherche

lorsqu'elle entend un gros BANG dans le mur. Le bruit est suivi d'une musique assourdissante.

We will, we will, rock you !

Pénélope dépose son iPhone et croise les bras. Alexis possède un panier de basketball dans sa chambre, et bien que le ballon soit mou, il produit tout de même un bruit sourd lorsqu'il frappe contre

le mur. Et pire encore,

le ballon est couvert

d'une matière dégoûtante.

Car il y a toujours un tas

de choses répugnantes

sur le plancher de la chambre

de son frère. La dernière fois

qu'elle a regardé sous son lit,

Pénélope a trouvé trois

chaussettes sales, une orange

pourrie et deux vieilles

pointes de pizza hawaïenne.

Chaque fois que le ballon

frappe contre le mur,

elle s'imagine qu'il libère

plusieurs champignons

qui se multiplient et

se propagent dans sa propre

chambre (propre et

ordonnée).

Pénélope ouvre le tiroir

de son bureau et vaporise

un aérosol antibactérien
dans sa chambre, au cas où.
Puis elle retourne à son
téléphone. Elle a à peine
le temps de taper «Camp
Papi» qu'un autre bruit
sourd l'interrompt.

PÉNÉLOPE SE REGARDE
DANS LE MIROIR ET
REMARQUE QUE SES
NARINES SONT DILATÉES.

Elle se concentre pour

les resserrer. Elle est plus

déterminée que jamais

à ne pas réagir (même si c'est

la veille du camp, et qu'Alexis

devrait vraiment faire preuve

de respect).

La meilleure chose à faire

est de garder son calme et de

ne surtout pas s'emporter.

En fait, c'est un excellent

entraînement. Pénélope

se dirige vers la chambre de son frère avec désinvolture.

Sa mère se tient dans l'embrasure de la porte et applaudit Alexis. Pénélope est certaine que la plupart des mères n'agiraient pas de la sorte.

—Tu dois viser un peu plus vers la droite, Alex, dit-elle.

Pénélope s'immobilise dans le couloir et regarde

dans la chambre, tandis qu'Alexis saute sur son lit et lance le ballon. Même si elle ne peut pas voir le cerceau, elle devine qu'Alexis a marqué un panier. Le visage de sa mère s'illumine. Elle vient de lever le point dans les airs pour la deuxième fois lorsqu'elle remarque la présence de Pénélope.

— Oh, salut Pen, dit-elle.

Alors, est-ce que tu es prête ?

C'est tellement excitant !

Alexis a adoré le Camp

Papillon.

Puis elle se tourne

vers Alexis :

— N'est-ce pas, Alex ?

As-tu des conseils à donner

à ta sœur ?

Le lit d'Alexis grince lorsqu'il

saute sur le sol. Il y a des trous

à l'endroit des genoux

de son pyjama de *Batman*,

et il porte son t-shirt de *Space*

Invaders, qui est trop petit

pour lui. La combinaison fait

mal aux yeux de Pénélope.

— Le Camp Papillon est

génial ! répond Alexis.

Tu devrais essayer de faire

toutes les activités.

Pénélope ne roule pas

des yeux.

—J'ai l'intention de réussir
à allumer le feu de camp,
et je crois bien m'en sortir
avec la course d'orientation,
lance-t-elle.

Alexis a l'air perplexe,
comme s'il n'avait jamais
entendu parler de
ces activités. Pénélope croit
que ça fait simplement trop
longtemps que son frère
est allé au camp. Il n'en a

probablement plus

de souvenirs.

— Mais tu dois absolument

faire la catapulte, ajoute

Alexis. C'est malade!

Savais-tu qu'elle fait plus

de dix-huit mètres et demi

de haut?

— Je suis presque certaine

que la catapulte est

optionnelle, rétorque

brusquement Pénélope.

Elle n'arrive pas à croire
que la catapulte mesure
plus de TROIS FOIS LA
HAUTEUR de sa maison !
Elle n'arrive pas à croire
non plus qu'Alexis
se souvienne de la hauteur
exacte. Habituellement,
il ne porte jamais attention
à ce genre de détails.

Une série d'images
se bousculent dans la tête
de Pénélope.

La première image représente Bob
(sa meilleure amie) qui s'élance
dans les airs, puis redescend
en souriant, sous les acclamations
et les applaudissements des élèves.

Elle imagine ensuite Olivier Audet
(qui n'est pas doué en sport) voler dans
les airs et recevoir des tapes dans
le dos et des bravos des autres élèves.

Enfin, Pénélope voit
une image d'elle en train
de se faire pousser, alors
qu'on l'incite et la force
à faire la catapulte.

Même s'il ne s'agit
que d'une image, et non
de la réalité, les émotions
que Pénélope a tenté
de refouler *en ne réagissant pas*
prennent soudain le dessus
sur son côté calme et gentil.
Pénélope a l'impression
qu'elle est condamnée
à piquer une crise devant
tout le monde, et ce,
malgré tous ses efforts.

— Hé, n'oublie pas
de respirer, Pénélope,
poursuit Alexis.

Parfois, Pénélope retient
son souffle sans s'en rendre
compte. Ce n'est pas
une bonne chose, puisque
(comme le lui fait remarquer
la fille dont le nom
commence par «V»),
elle devient toute rouge
et ses veines ressortent.

— Il y a un tas d'activités
pour les intellos, aussi,
dit Alexis après que Pénélope
a recommencé à respirer.
Tout va bien aller.
— C'est vrai, Pen, ajoute
sa mère. Je suis certaine que
tu vas t'amuser.

Même si Pénélope
n'apprécie pas qu'Alexis
qualifie d'intellos les activités
qu'elle aime, et même

si sa mère ne peut pas *vraiment* savoir si elle aura du plaisir, Pénélope se sent un peu mieux.

Elle ne se fait plus de souci à propos du camp, mais elle s'inquiète maintenant pour sa mère et Alexis.

Si Pénélope n'est pas là pour gérer les choses, ces deux-là pourraient avoir de gros ennuis.

Alors qu'elle affiche un air sérieux, sa mère et Alexis, eux, sourient. Pénélope pousse un soupir.

Sincèrement, Alexis et sa mère ne savent pas à quel point sa présence est *importante* dans la maison.

— Maman, tu devras acheter des aliments sains,

lui rappelle Pénélope.

Il y a de fortes chances
que sa mère et Alexis ne
mangent que de la malbouffe
pendant son absence.

—Je vais faire les courses
comme si tu étais ici avec
nous, lui promet sa mère.

Pénélope est heureuse
que sa mère place une main
sur son cœur pendant qu'elle
parle, ce qui signifie qu'il
s'agit d'une *promesse sincère*.

Les promesses sincères
sont celles qu'on ne peut
pas briser (peu importe
ce qui arrive).

— Alexis, peux-tu me nommer
tous les groupes
alimentaires? l'interroge-
t-elle en ayant retrouvé
son sourire.

Maintenant qu'elle a
une promesse sincère pour
la rassurer, Pénélope est

d'humeur à s'amuser. Ils ont joué à ce jeu un million de fois, et Pénélope adore entendre les réponses absurdes d'Alexis.

Hum, voyons voir... Il y a la pizza, puis les croustilles, puis le chocolat. Non, attends, c'est plutôt les croustilles, les boissons gazeuses et...

—Tu es incurable, Alexis,
l'interrompt Pénélope
en roulant des yeux.

⸺ Mais Alexis lui ébouriffe
les cheveux, comme le ferait
tout grand frère à la veille
d'une classe nature. ⸺
Pénélope aime cela, même
si ses cheveux étaient
parfaitement peignés,
et qu'elle devra les brosser
à nouveau.

Lorsque Pénélope retourne

dans sa chambre,

elle remarque qu'il y a

un message de grand-papa

André sur son iPhone.

Amuse-toi bien en chemin.
N'oublie pas, le voyage est aussi
important que la destination.
Tu me manques déjà. A. xxx

Pénélope réfléchit
au message. Le trajet
en autobus ne durera que
deux heures et trente-cinq
minutes. Il est donc peu
probable que le voyage
ait autant d'importance
que la destination. Elle sera
au camp pendant deux nuits
complètes (ou presque
quarante-huit heures).

Pénélope adore recevoir des messages de grand-papa André, mais parfois, ils n'ont pas de sens.

Elle glisse son téléphone sous son oreiller, ce qui lui donne le sentiment que son grand-père est à ses côtés. Elle serre ensuite son ourson bleu contre sa poitrine, en pensant qu'il aimerait sûrement recevoir un câlin avant

qu'elle parte pour

quarante-huit heures.

Puis elle s'endort.

CHAPITRE TROIS

Le lendemain matin, avant
de partir, Pénélope saisit
son téléphone et prend
quelques photos de dernière
minute d'elle et de
ses bagages. Sur le chemin
de l'école, elle ajoute

des photos du trottoir
et du ciel et les nomme
« 8 heures ». Elle les envoie
à son père, ainsi que le lien
vers le site Internet
du Camp Papillon.

Chaque semaine, Pénélope
fait parvenir une capture
d'écran de son horaire à
son père afin qu'il connaisse
son emploi du temps.
Mais comme Pénélope n'a

aucune idée de son horaire
au camp, il devra se
contenter aujourd'hui
d'informations générales.

Puis elle prend un selfie
d'elle en train d'envoyer
un bisou destiné à
sa demi-sœur, Julie.

— Bye, iPhone, dit-elle en
le tendant à contrecœur à
sa mère, qui l'a accompagnée
pour l'aider à porter

son équipement de camp

et lui dire au revoir.

— Ne t'en fais pas, Pen,

répond sa mère. Je vais

le déposer dans ta boîte

spéciale fermée à clé.

Pénélope ressent une drôle

de sensation à l'idée

de devoir se séparer de

son téléphone pendant

quarante-huit heures.

Elle ressent une autre

sensation étrange lorsque
sa mère la serre dans ses bras.
C'est comme si le câlin
écrasait son excitation
et ses nerfs à la fois,
mais d'une façon pas très
agréable. Pénélope a
le pressentiment qu'elle va
enfreindre la règle numéro
deux de sa Liste Ultrasecrète
– avant même d'être montée
à bord de l'autobus !

Heureusement, à
cet instant précis, Pénélope
aperçoit Olivier Audet
par-dessus l'épaule de sa mère,
qui semble avoir besoin
d'aide de toute urgence.

Plusieurs enfants se sont
attroupés autour d'Olivier.
Il étend le bras pour
leur montrer quelque chose.
Sans même savoir *exactement*
ce qu'Olivier leur montre,

Pénélope peut facilement
deviner de quoi il s'agit :
sûrement un insecte ou
une autre bibitte. Olivier est
un amoureux de la nature.
Il connaît plusieurs espèces
d'oiseaux et de scarabées.
Il raffole même des araignées
(ce qui répugne Pénélope au
plus haut point). Il connaît
un tas d'informations utiles
à leur sujet.

Le problème, c'est qu'Olivier est totalement concentré sur la chose qu'il montre aux autres. Il est si concentré, en fait, qu'il ne s'est pas rendu compte que le chauffeur d'autobus a déposé sa valise et son sac à dos dans le compartiment à bagages (qui sera bientôt verrouillé). Or, on leur a mentionné plus tôt de mettre

leurs repas et leurs bouteilles
d'eau dans leurs sacs à dos
et de les prendre avec eux
dans l'autobus.

Pénélope serre sa mère
bien fort. C'est un câlin
très réconfortant, et elle
aurait aimé qu'il dure plus
longtemps, mais elle ne peut
pas laisser Olivier partir
sans son repas et son eau.
Elle ressent un pincement

au cœur au moment de faire

ses adieux à sa mère, puis

elle se détache d'elle.

   Pénélope explique

la situation au chauffeur

d'autobus, puis elle va porter

son sac à dos à Olivier.

— Regarde, Pen, dit Olivier

avant qu'elle puisse dire quoi

que ce soit. Il lui montre

l'insecte qu'il tient dans

sa main.

(Pénélope a renoncé
à demander à Olivier
qu'il l'appelle par son nom
au complet. Le plus étrange,
c'est qu'elle commence à *bien
aimer* se faire appeler Pen.)

— C'est une mante religieuse.
Son nom vient du fait qu'elle
lève les pattes vers la tête,
comme si elle priait.
Voudrais-tu la prendre?

Pénélope secoue la tête.
La mante religieuse
ressemble à une très grande
sauterelle avec de longues
pattes. Elle est très jolie
à *regarder*, mais ce n'est
vraiment pas son truc.

Pénélope jette un œil vers
l'autobus. Le chauffeur vient
de terminer de déposer
les sacs dans le compartiment
et ferme la porte. Olivier

n'a toujours pas remarqué
que son sac à dos a disparu.

— La mante religieuse est
le seul insecte qui peut pivoter
la tête à cent quatre-vingts
degrés, poursuit Olivier,
tandis que les autres enfants
commencent à se mettre
en rang pour monter à bord
de l'autobus. Pénélope a
une boule à l'estomac en
apercevant Bob (sa meilleure

amie) au début de la file.

Et cela empire lorsqu'elle

réalise que la file avance.

— Peux-tu le croire, Pen ?

N'est-ce pas génial ?

— C'est très intéressant,

Olivier, répond Pénélope.

Mais on doit y aller. Tiens,

ton sac à dos.

Pénélope remet le sac

à dos à Olivier, puis elle

se dirige d'un pas rapide

vers la file. Lorsqu'elle
se retourne, elle aperçoit son
ami qui dépose délicatement
la mante religieuse sur un
arbre, comme s'il avait tout
son temps.

Enfin, au grand soulagement
de Pénélope, il se place
tout au bout de la file.

Olivier montre son sac
à dos du doigt, puis il joint
ses mains ensemble.

Il les lève vers son front
comme une mante religieuse.
— Merci, Pen, dit-il.
Tu es la meilleure.

Dans d'autres circonstances,
l'imitation de la mante
religieuse d'Olivier aurait fait
rire Pénélope. Mais en ce
moment, Pénélope est trop
préoccupée de ne pas être
à côté de Bob dans la file.

Elle aurait dû rejoindre
Bob. Ou lui demander
de l'attendre. Ou Pénélope
aurait dû tout de suite aller
se placer au début de la file
lorsqu'elle est arrivée
à l'école. Mais c'est trop
tard, maintenant !

Lorsqu'elle franchit
la première marche, Pénélope
se lève sur la pointe des pieds
et étire le cou pour tenter de

voir dans l'autobus. Mais

Bob semble avoir disparu.

Pénélope a soudainement une image terrible de sa meilleure amie coincée dans un coin sur le dernier siège de l'autobus, sans une seule place pour elle à ses côtés.

Puis, comme si ce n'était

pas assez, elle commence

à imaginer une personne dont le prénom commence par la lettre « V » assise (d'une manière déterminée) à côté de Bob. Maintenant que Pénélope a sa propre meilleure amie, ça lui briserait le cœur de ne pas pouvoir s'asseoir avec elle !

Pénélope franchit la dernière marche. Elle ne voit *toujours pas* Bob.

Rendue au tiers de l'allée,
elle aperçoit deux sièges vides.

Alors qu'elle se dirige vers
les sièges, Pénélope se rend
compte qu'ils ne sont pas
réellement inoccupés. Il y a
une main posée sur le siège.
Quelqu'un est penché vers
le sol, et fouille dans son sac.
Elle ne peut pas se tromper,
la crête de coq dépasse.

— Non. Cette place est réservée pour Pénélope, dit Bob, sans se relever.

La boule à l'estomac de Pénélope a complètement disparu. ⊃ Il n'y a rien de mieux qu'une meilleure amie qui nous réserve une place. ⊃

Alors qu'ils roulent sur l'autoroute, Joannie essaie

de faire chanter une chanson
à tout le monde.

Monsieur le chauffeur,
Monsieur le chauffeur,
Pesez donc sur le gaz, pesez
donc sur le gaz,
Ça marche pas, ça marche pas.

Certains enfants se mettent
de la partie. Joannie est
peut-être la fille la plus
indisciplinée de la classe,
mais Pénélope doit admettre

qu'elle a une très jolie voix.
Après cette chanson, d'autres
élèves entonnent des airs
de *La mélodie du bonheur*.

Pénélope est tentée de
se boucher les oreilles afin
de ne pas entendre Nathan
Sirois chanter. Il n'a *pas*
une très jolie voix. Si Pénélope
possédait une voix comme
la sienne, elle n'oserait même
pas pousser une seule note

en public. Mais ça ne semble pas déranger Nathan Sirois. Il est TRÈS enthousiaste.

Après la cinquième version de *Do-ré-mi*, un des professeurs propose de regarder un DVD.

— Ouais ! s'exclament certains élèves. Nathan l'Oreille absolue nous a suffisamment torturés comme ça.

Pénélope espère de tout cœur que Nathan n'a pas entendu.

Elle devine qui a émis ce commentaire. Elle se retourne. Olivier est juste derrière elle. Pénélope n'a jamais (pas une seule fois) entendu Olivier dire des méchancetés. Olivier ne ferait pas de mal à une mouche (dans le sens

propre du terme). Mais
derrière Olivier, la fille dont
le prénom commence
par la lettre « V » regarde
par la fenêtre et siffle comme
si de rien n'était.

Victoria Garcia.

Pénélope ne déteste
personne. Mais cela ne
la dérangerait pas de ne plus
jamais revoir Victoria Garcia.
Victoria a toujours été

un peu méchante (depuis sa naissance). En plus, elle semble perfectionner son art tous les jours. Pénélope compare la méchanceté de Victoria à une sorte d'habileté qu'elle doit pratiquer et améliorer continuellement. Un peu comme les grimaces de Joannie, mais en plus méchant.

— C'est sûr que c'était *elle*,
dit Bob en donnant un petit
coup de coude à Pénélope.
Elle essaie trop d'avoir l'air
innocent.

Pénélope hoche la tête.
Bob et elle sont très
différentes l'une de l'autre
sur plusieurs points,
mais c'est agréable d'avoir
une meilleure amie qui est

aussi douée qu'elle pour
déceler les indices.

Le DVD finit de se charger,
puis *Trouver Nemo* apparaît
à l'écran. Pénélope et Bob
s'installent tête contre tête.
Pénélope a l'impression
qu'elle et Bob partagent
la même pensée. C'est comme
si elles s'échangeaient
des ondes cérébrales.

Nous devrions rester le plus loin possible de Victoria Garcia au camp.

Le plus drôle quand on a une meilleure amie depuis peu de temps, c'est qu'on apprend constamment de nouvelles choses à propos d'elle. Pénélope vient d'apprendre que Bob dort pendant les trajets en autobus. Une fois que Bob s'est endormie, pratiquement rien ne peut la réveiller.

Alors que Joannie et Nathan chantent *Bonhomme, bonhomme, sais-tu jouer?*, Bob ne se réveille pas.

La tête de Bob se cogne (plutôt fort) contre la fenêtre. Elle dort toujours.

Après le troisième coup, par contre, Pénélope place

délicatement la tête de Bob

sur son épaule. Même si elle

doit rester assise bien droite

pour éviter que la tête

de Bob tombe, ça ne

la dérange pas. Elle imagine

que c'est le genre de choses

qu'on est censé faire pour

sa meilleure amie, et ce,

même si ça rend le trajet

quelque peu ennuyant,

et qu'il lui est impossible

d'en profiter (comme le lui
a suggéré son grand-père).

Lorsque l'autobus arrive
au Camp Papillon, Bob
se réveille en sursaut.

— Ouache ! Tu as bavé
sur l'épaule de Pénélope,
Bob ? lance Victoria.

La façon dont Victoria
pivote la tête en passant
à côté d'elles rappelle à
Pénélope la mante religieuse

d'Olivier. Sauf que la mante religieuse est probablement plus gentille. Aurélie et Sara suivent Victoria en gloussant.

Pénélope sent ses narines se dilater. Il y a effectivement une petite tache sur son épaule. Elle changera de chandail dès qu'elle en aura l'occasion. Mais ce n'est pas gentil de la part de Victoria d'attirer l'attention sur la bave de Bob. Si c'était

la bave de *Pénélope* sur

le chandail de quelqu'un

d'autre, elle se sentirait

très gênée. Mais Bob

ne semble pas en faire de cas

(sincèrement, elle ne fait

même pas semblant).

—Oh, mon Dieu !

Cet endroit est génial !

s'écrie Bob en sautant

de son siège.

Pénélope et Bob attrapent
leurs sacs à dos et suivent
les autres à l'extérieur
de l'autobus.

Il y a des arbres partout.
Pénélope aperçoit une rangée
de cabanes au loin, le long
d'un sentier. Devant
l'autobus, à quelques mètres
de distance, se trouve
un grand réfectoire. Le lac
scintille au loin.

Pénélope sent son cœur
battre plus rapidement.
Même si en son for intérieur
elle croit que le mot « génial »
est trop souvent utilisé,
là, elle est bien d'accord avec
Bob.

Le Camp Papillon a l'air génial.

CHAPITRE QUATRE

Pénélope s'assoit les jambes croisées, sa brochure du Camp Papillon devant elle. Elle écoute attentivement sa monitrice de camp, Isabelle, qui s'adresse à eux dans le réfectoire.

—Vous vivrez de belles expériences au camp, dit-elle.

Isabelle a l'air d'une fille en forme qui aime les activités de plein air. De toute évidence, elle ne doit pas être le type de personne qui s'en fait pour une bête catapulte.

—Mais vous serez aussi appelés à vous surpasser, poursuit Isabelle. À développer votre confiance

en vous et à pousser vos
camarades à faire de même.
Je vous encourage tous à...

— Pouvez-vous nous parler
de la catapulte ? crie Joannie.

Bien que ce soit impoli
d'interrompre la monitrice,
cela ne semble pas
importuner Isabelle.

— Bon, la catapulte est d'une
hauteur de dix-huit mètres
et demi, commence Isabelle.

C'est probablement
la première fois de sa vie
que le frère de Pénélope
ne s'est pas trompé à propos
d'un détail. Pénélope
demande à son estomac
de se calmer.

— C'est notre activité la plus
populaire, continue Isabelle,
vous n'aurez probablement
droit qu'à un tour chacun.
Mais il y a plusieurs autres

activités. Il y a le parcours
accrobranche et l'escalade...

Puis soudain, Bob pince la
cuisse de Pénélope. Pénélope
est fâchée pendant un bref
instant. Mais lorsqu'elle
se retourne, Bob est tout
sourire. Peut-être qu'en lui
pinçant la cuisse, Bob
souhaitait partager
un moment de complicité
avec elle, et non l'ennuyer

ou la déconcentrer?

C'est peut-être le genre

de choses que fait

une meilleure amie dans

une telle situation.

— Il y a *toutes sortes* de défis,

dit Isabelle lorsque Pénélope

prête à nouveau attention

à ses paroles. Par exemple,

le concours de la meilleure

cabane est aussi populaire

auprès des élèves. J'imagine

que c'est en grande partie
à cause de ceci.

Isabelle retire un objet
d'un sac en toile qui se trouve
derrière elle et le soulève afin
que tous puissent le voir.

Pénélope pince la cuisse de Bob (assez fort), car c'est un moment complice qu'elle souhaite absolument partager avec elle. ⸗ Pénélope tombe en pâmoison à la vue de la médaille. ⸗

Le concours de la meilleure cabane est en plein dans les cordes de Pénélope. C'est encore plus dans ses compétences qu'allumer

un feu de camp ou que
la course d'orientation.

Pénélope pense déjà
à un plan pour remporter
le concours de la meilleure
cabane. Isabelle n'a rien dit
à propos d'élire un chef
de cabane, mais c'est évident
que son groupe sera
grandement avantagé
si Pénélope se porte
volontaire pour le poste.

De cette façon, pendant que les autres groupes vont perdre leur temps à chercher des solutions, le groupe de Pénélope n'aura qu'à suivre ses indications. Ils auront une bonne longueur d'avance.

Elle imagine déjà sa médaille sur ses vêtements préférés (et sur ceux de Bob).

La plupart des filles
que connaît Pénélope vont
probablement considérer
qu'il s'agit davantage
d'une corvée, puisque
ça requiert beaucoup
d'organisation. Mais
Pénélope sait que ce ne sera
absolument pas une corvée
de mener sa cabane
à la victoire. En fait, elle est
impatiente de savoir avec

qui elle partagera sa cabane,
afin de se mettre au travail
sans tarder.

— Alors, voici les groupes
pour chaque cabane,
dit Isabelle après avoir passé
beaucoup de temps à parler
de choses nettement moins
importantes.

Pénélope attend et attend
et attend tandis qu'Isabelle

lit sa liste à voix haute.

C'est extrêmement rassurant
de savoir que Bob sera dans
sa cabane, mais c'est aussi
angoissant de *ne pas savoir*
qui d'autre s'ajoutera
à leur groupe. Elle jette
un regard circulaire à la salle.
Olivier sourit et fait un grand
signe de la main à Pénélope.
Elle le salue en retour avec
un petit signe de la main,

en gardant sa main près

d'elle afin que personne

ne la voie. Certains enfants

pourraient se moquer

s'ils voyaient un garçon et

une fille se saluer comme ça.

Au fur et à mesure que

sont nommés les groupes,

un moniteur de camp

les dirige vers leurs cabanes.

C'est pénible d'avoir

à attendre, mais Pénélope

s'assoit bien droit et essaie
de ne pas bouger. Lorsque
Joannie se rend à sa cabane
avec Émilie, Alice et Sara,
Pénélope commence
à douter de ses chances
de remporter la médaille
pour la meilleure cabane.

Pénélope sait que Joannie
se montre plutôt indisciplinée
la plupart du temps, elle
n'est donc pas une menace.

Mais Émilie Chung (la porte-parole de la classe) et Alice Bérubé (qui a remporté vingt-cinq prix à l'école, et qui est toujours en deuxième position derrière Pénélope, qui en a remporté quarante et un) sont très appliquées. Pénélope croit qu'elles seront des adversaires de taille pour le concours de la meilleure cabane.

Mais il reste encore seize élèves et quatre cabanes. Pénélope présume que son groupe sera nommé en dernier (principalement pour mettre sa patience à l'épreuve).

Alors, quand Isabelle dit : « Cabane sept ! Pénélope Fortin », Pénélope est très surprise.

Bob la pince à nouveau, ce qui n'aide pas.

— Béatrice Ouellet-Brière, poursuit Isabelle.

Bob lève la main (celle qui ne pince pas Pénélope) dans les airs. Pénélope sait déjà ce que Bob va dire.

— Je ne veux pas que vous m'appeliez par ce nom, Isabelle. Jamais. Appelez-moi Bob, insiste-t-elle.

Pénélope attend
qu'Isabelle trouve un crayon
et écrive une note. C'est long.
Pénélope estime que cela lui
a pris environ onze secondes,
mais si elle avait eu
son iPhone, elle aurait pu
calculer le temps exact.

Enfin, Isabelle reprend :
— Aurélie Dufour et Victoria
Garcia.

La cabane est simple
et épurée. Il y a quatre lits
superposés, une penderie
avec des tiroirs dans le bas
et une petite salle de bains
à l'autre bout de la pièce.
Quelqu'un a placé
des cartons avec leurs noms
dans des cadres en métal
au bout de chaque lit.
Pénélope est heureuse de voir
son nom sur un lit inférieur,

et celui de Bob sur celui
du dessus. Les lits supérieurs
sont très hauts (et un peu
dangereux) selon Pénélope.

Pénélope dépose son sac
sur le lit qui lui a été attribué.
— Le plus étrange, dit
Victoria en jetant un regard
à la cabane pendant que
Bob barre *Béatrice* sur
son carton et écrit *Bob*
à la place et qu'Aurélie

grimpe sur son lit supérieur,

c'est que le sept est

mon chiffre chanceux.

Pénélope penche la tête.

— Vraiment ? dit-elle. C'est

le mien aussi.

Victoria sourit. Son sourire

est néanmoins sincère,

et pas mesquin du tout.

— Vous savez, je crois qu'on

devrait essayer très, très fort

de remporter le concours

de la meilleure cabane, poursuit Victoria.

Puis elle se met à chuchoter :
— Mais nous aurons besoin d'une arme secrète. Nous devrions élire un chef de groupe. Quelqu'un qui a de bonnes méthodes d'organisation.

Pénélope n'en croit pas ses oreilles. Il n'y a aucun doute, Victoria parle d'elle. Parmi tous les élèves de sa classe, Pénélope est la seule qui place ses livres en ordre alphabétique dans son casier. Très souvent, des élèves des autres années lui demandent de leur montrer son casier. C'est sans conteste la preuve qu'elle est super organisée ! En fait, elle est *réputée* pour ça !

Ce serait fantastique d'avoir le soutien de Victoria, car c'est une fille très déterminée.

Pénélope s'apprête à leur faire part de son plan lorsque Aurélie baisse la tête (ce qui est plutôt dangereux) sur le côté de son lit.

— Les filles, s'écrie-t-elle. Regardez ça ! J'ai une carte postale de bienvenue de

la part de la fille qui a dormi
dans mon lit avant moi !
— Moi aussi ! répond Bob.
Ça ne vous fait pas peur ?
C'est comme si on recevait
une carte postale
d'un fantôme. Bouh !

Pénélope aurait préféré
poursuivre la discussion
à propos du concours de
la meilleure cabane. Recevoir
des cartes postales de gens

qui ont séjourné dans
leur cabane avant elles,
ce n'est pas la même chose
que de recevoir des cartes
postales de fantômes
(puisque, à sa connaissance,
aucune personne qui a
séjourné ici n'est décédée).

Elle présume que sa carte
postale sera inintéressante
– un mot que la personne
avant elle s'est vue forcée

d'écrire avant de rentrer chez elle. Par contre, comme tout le monde est occupé à lire son message, Pénélope en profite pour aller changer de chandail dans la salle de bains. Puis, elle cherche sa carte postale sur son lit.

Pénélope lit la carte trois fois. Bien qu'elle ne vienne manifestement pas

d'un fantôme, il y a
effectivement un aspect
troublant dans le message
qu'elle a reçu (positif, tout
de même). Pour commencer,
l'auteure a les mêmes
initiales que Pénélope :
Philomène Facal/Pénélope
Fortin. Et même si Philomène
lui conseille de *tout* essayer,
ce qui est énervant, ce qu'elle
dit à propos du concours

de la meilleure cabane

semble néanmoins très utile.

Philomène conseille

à Pénélope de bien suivre

les notes dans la brochure

du Camp Papillon. Pénélope

ouvre immédiatement

la brochure.

COMMENT OBTENIR DES POINTS SUPPLÉMENTAIRES ?

- Disposez vos bottes et chaussures à l'extérieur d'une manière créative, par exemple en forme de bonhomme sourire.

- Décorez votre cabane avec des affiches et des dessins provenant de la bibliothèque ou avec vos propres œuvres.

- Assurez-vous que
  la dernière personne qui
  sort de la cabane vérifie
  que **toutes les lumières
  sont éteintes**.

Pénélope est particulièrement
enthousiaste au sujet
du deuxième point. Elle est
excellente en arts plastiques.
Elle imagine déjà les murs
de la cabane sept recouverts

de ses dessins de plantes
et d'animaux. Elle essaie
d'attirer l'attention de Bob
et d'Aurélie, mais elles font
des bêtises, comme mettre
leurs sacs de couchage
sur leurs têtes et faire comme
si elles étaient des fantômes.

Elle est sur le point de dire
son excellente idée à voix
haute – assez fort pour
qu'elles l'entendent à travers

leurs sacs de couchage

– quand quelqu'un cogne

soudainement à la porte.

Un moniteur (il s'appelle

Raphaël selon l'étiquette

sur son chandail) ouvre

la porte. Il retire son chapeau

et s'incline.

— C'est l'heure de votre visite

guidée, cabane sept, dit-il.

Victoria regarde par-dessus

l'épaule de Pénélope.

— Ce sont de très bons conseils, chuchote-t-elle tandis que Bob et Aurélie descendent de leurs lits. On devra les appliquer à la lettre.

Bien que Pénélope déteste quand les gens lisent par-dessus son épaule, elle décide de laisser passer. Victoria a raison. Et en plus, elle est tellement agréable.

Peut-être que partager une cabane avec Victoria Garcia ne sera pas aussi pénible qu'elle le croyait, finalement.

CHAPITRE CINQ

Trois autres groupes
se sont joints à la cabane
sept pour la visite guidée
du Camp Papillon : celui
d'Olivier, un autre groupe
de garçons, ainsi que
la cabane six (qui comprend

Joannie, Émilie, Alice
et Sara).

Pénélope est étonnée
de voir Joannie marcher
à côté d'Alex Gabriel
et discuter vivement avec lui.
Il y a une règle non écrite
stipulant que les garçons
et les filles ne se fréquentent
pas en dehors de l'école.

Pénélope doit néanmoins
souvent interagir avec Olivier,

comme les fois où

ils organisent des repas-

bénéfice ensemble, ou bien

quand ils observent

les insectes bizarres d'Olivier.

C'est simplement dans

la nature d'Olivier. C'est

moins normal, par contre,

qu'une fille comme Joannie

et qu'un garçon comme Alex

passent autant de temps

ensemble.

Le groupe s'arrête (Joannie et Alex se sont rapprochés d'une drôle de façon), tandis que Raphaël désigne la piste cyclable du doigt.

Ils se dirigent ensuite vers le mur d'escalade. Pénélope a déjà fait un peu d'escalade avec Alexis et leur père quand ce dernier est venu leur rendre visite pendant les vacances. Leur père avait

complètement éteint
son cellulaire (il ne l'avait
même pas mis sur le mode
vibration) et avait passé
une heure complète avec eux.
Pénélope s'était bien
concentrée pour poser
son pied au bon endroit,
et ça avait fonctionné.
Elle garde d'excellents
souvenirs de cette journée.

Son père les avaient surnommés, elle et Alexis, les « chèvres de montagne » (ce qui est apparemment un compliment dans le langage de l'escalade). Et plus tard, son père les avait emmenés dans un restaurant asiatique, juste tous les trois – pas de belle-mère, ni de Julie.

Même s'il s'agit d'un sport, Pénélope aime bien l'escalade.

Par la suite, ils se rendent dans une magnifique salle d'arts plastiques. Alors que la professeure d'arts plastiques leur fait faire le tour, Pénélope pense au matériel dont elle aura besoin pour les dessins qu'elle prévoit faire, ce qui sera essentiel si elle veut que son groupe remporte le concours de la meilleure cabane.

Puis ils visitent le terrain
du tir à l'arc et le parcours
accrobranche.
Malheureusement, le
parcours accrobranche n'est
pas une activité optionnelle
(Pénélope l'a demandé).
Néanmoins, il n'a pas l'air
trop difficile. Pénélope croit
pouvoir s'en sortir.

Lorsqu'ils arrivent
à la catapulte, par contre,

Pénélope doit se rappeler

de respirer.

Ça ressemble à une balançoire normale,
sauf qu'elle fait PLUS DE TROIS FOIS
LA HAUTEUR DE SA MAISON.

— La catapulte est
facultative, dit Raphaël.
Mais vous *devrez* au moins
vous asseoir dans le harnais
pour en avoir un aperçu.
Les gens au sol vont tirer
sur la corde pour soulever
le harnais. Quand vous aurez
atteint la hauteur que vous
désirez, vous vous laisserez
tomber en appuyant
sur cette poignée verte.

Pénélope ferme les yeux. Maintenant que la catapulte est juste devant elle, elle peut *se sentir* monter dans le ciel. En fait, elle se l'imagine tellement fort qu'elle a soudainement la tête qui tourne. Mais elle ne peut *absolument* pas s'imaginer appuyer sur la poignée verte, sachant qu'elle ferait une *chute vertigineuse* vers le sol.

— Je vais aller tout en haut
et je vais faire des pirouettes,
clame Alex. Je vais voler
comme Superman !

Pénélope fronce
les sourcils. Étonnamment,
ça n'a rien à voir avec
la catapulte *ou* Superman,
mais plutôt avec le fait
qu'Alex soit en train
de faire une prise de karaté
à Joannie. Elle trouve qu'il

agit d'une façon vraiment
bizarre.

— Moi aussi, ajoute Victoria,
je vais aller au sommet et
je vais chanter quand je serai
en haut. Fort, très fort !

Le nez de Pénélope se met
à remuer au moment où
Victoria commence à chanter
fort, très fort :

— *Au clair de la lune, j'ai pété
dans l'eau !*

Aurélie et Sara chantent avec elle, comme elles le font souvent à l'école. Pénélope ressent de la tension dans son cou et ses épaules.

Il y a toujours quelque chose d'étrange – et peut-être d'un peu méchant – dans la façon dont Victoria chante cette chanson. Comme la fois où monsieur Caron, le professeur d'arts

plastiques, a exposé les toiles
de Pénélope dans la vitrine
à l'extérieur de la salle
de classe. Victoria s'est
placée devant et s'est mise
à chanter cette chanson,
comme si ça lui était
complètement égal. Mais
auparavant, Pénélope avait
entendu Victoria supplier
monsieur Caron de choisir
ses toiles pour la vitrine.

En fait, si Pénélope ne

la connaissait pas, elle serait

portée à croire que Victoria

fait semblant d'être

enthousiaste à propos

de la catapulte.

Pénélope secoue la tête

pour faire disparaître

ces pensées compliquées.

Elle devra s'armer de

patience. Après tout,

Victoria et elle commencent
enfin à bien s'entendre.

C'est plutôt apaisant
d'écouter Raphaël nommer
les différentes espèces
d'arbres et de fleurs qui
ornent le terrain. Pénélope
se sent beaucoup mieux
quand Olivier demande
les noms scientifiques
et les épelle à voix haute pour

s'en souvenir. Dieu merci, elle n'est pas la seule qui s'intéresse à autre chose qu'à cette bête catapulte. Elle pense déjà à dessiner le cerisier. Elle devra travailler dur pour le réussir, mais ça en aura valu la peine quand elles auront remporté le concours de la meilleure cabane.

Leur prochain arrêt est

la cabane d'orientation.

Raphaël essaie de leur faire

peur en désignant la cabane:

la *Chambre des cercueils*...

— Si vous suivez

les indications, ce sera votre

point de départ et votre point

d'arrivée, dit-il d'une voix

grave qui est davantage

amusante que terrifiante. En

cours de route, vous devrez

passer par la *Montagne des fous*, par la *Rivière ensanglantée* et plusieurs autres endroits, et les cocher sur votre liste.

Plusieurs enfants font semblant d'avoir peur, mais ils rigolent tous beaucoup. Ensuite, Raphaël les dirige vers une autre monitrice, Katia.

Katia mène le groupe au centre aquatique, où ils peuvent voir les tortues (qui sont très majestueuses et adorables) que Philomène a décrites sur sa carte postale. Pénélope aurait bien aimé passer plus de temps avec les tortues, mais Katia est déjà en train de se diriger vers la grange située à côté.

À l'extrémité de la grange se trouvent trois enclos tapissés de foin et plusieurs abris en carton faits maison avec de petites portes

en forme d'arche. Pénélope

compte vingt-six cochons

d'Inde (quoique certains

doivent être restés cachés).

La plupart des enfants

sont restés tranquilles

pendant la visite du centre

aquatique, mais les cochons

d'Inde semblent avoir changé

l'ambiance.

— Oh, mon Dieu ! s'écrie

Joannie. Est-ce que nous

pouvons les prendre ?

Pénélope recule de

quelques pas. Cela ne

la dérange pas de regarder

les cochons d'Inde, mais elle

souhaite autant en tenir

un dans ses bras que

de prendre la mante religieuse

d'Olivier. Pénélope est

pratiquement certaine que

les cochons d'Inde ne sont

pas propres. Et si l'un d'eux

décidait de faire caca

pendant qu'elle le tenait?

   Heureusement, prendre

les cochons d'Inde est

une activité optionnelle.

— Vous devriez former

des équipes de deux et vous

choisir un cochon d'Inde,

propose Katia. Il y a

des brosses de toilettage

accrochées au mur, ou vous
pourriez les nourrir avec
l'herbe de la basse-cour.

Puisque Pénélope ne veut
pas prendre un cochon
d'Inde dans ses bras, elle
décide d'aller décrocher
une brosse du mur. Elle
espère que Bob tiendra
un cochon d'Inde sur
ses genoux. De cette façon,
Pénélope pourra brosser

son pelage. Elle est (assez)
confiante de pouvoir y
parvenir. Pénélope s'apprête
à s'asseoir sur une meule
de foin à côté de Bob quand
Aurélie lui vole sa place.

Pénélope retient
son souffle. Bob est
sa meilleure amie à elle,
et ce n'est vraiment pas juste.
Elle envisage de demander
à Aurélie de changer de

place, mais elle a du mal à imaginer une façon de le dire sans paraître autoritaire.

Elle prend plutôt trois grandes inspirations, puis va s'asseoir à côté d'Alice Bérubé.

— Le plus petit s'appelle Alf, dit Alice.

Alice est très douée pour tenir son cochon d'Inde, et ce, même si Alf n'est pas si petit que ça. En fait, il est si gros qu'il a du mal à rester

en place sur ses genoux.

Pénélope regarde Bob,

qui caresse son cochon

d'Inde noir et blanc pendant

qu'Aurélie lui tend un peu

d'herbe. Pendant qu'elle

brosse le pelage d'Alf,

Pénélope prend note dans

sa tête de demander à Bob

si elle a déjà eu des animaux

de compagnie. Elle se

rappelle aussi de dire à Bob qu'elle a déjà eu un poisson rouge nommé Bubulle, jusqu'à ce qu'elle le trouve (tragiquement) en train de flotter à la surface de l'eau de son bocal il y a un an. Ce sont des sujets de conversation sur lesquels des meilleures amies, comme elle et Bob (et Aurélie le sait trop bien), devraient échanger.

Katia aide Sara à récupérer
son cochon d'Inde (qui s'est
sauvé et s'est caché dans
une boîte) lorsque Alex
se lève et place son cochon
d'Inde sous son chandail.
Il le soulève suffisamment
pour exposer son ventre,
puis il se dirige vers Joannie
et se cogne contre elle.
—Ta-dam ! dit-il, comme
s'il venait d'effectuer un tour

de magie (ce qui est plutôt ridicule, puisque la bosse dans son chandail épouse parfaitement la forme du cochon d'Inde).

Même si Pénélope ne connaît pas grand-chose sur les cochons d'Inde, elle présume qu'ils n'aiment sûrement pas être enroulés dans un chandail ou se faire rentrer dedans par quelqu'un. Elle n'a pas besoin de dire quoi que ce soit, puisque Victoria réagit sur-le-champ.

— ARRÊTE. LES COCHONS D'INDE N'AIMENT PAS ÇA, ALEX ! dit-elle fermement.

Elle déroule le chandail et lui confisque l'animal. Puis elle serre le cochon d'Inde contre sa poitrine pour le protéger.

—Tu as tout à fait raison,

dit Katia à Victoria alors

qu'elle revient dans la grange.

  Elle s'adresse ensuite

à tous les enfants.

—Soyez très délicats avec

les cochons d'Inde, s'il vous

plaît. Ce ne sont pas

des jouets. Si vous les traitez

bien, ils peuvent être

d'adorables compagnons.

Victoria envoie un regard
qui signifie «Je te l'avais dit»
à Alex. Pénélope connaît
très bien ce regard, mais
cette fois-ci, elle est d'accord
avec Victoria.

—Juste une chose, dit Katia
à Victoria. Je crois que
tu tiens Florence à l'envers.

Victoria grimace
d'embarras, et Katia lui
répond par un sourire.

— Ne t'en fais pas. Florence
y est habituée. À cause
de son long poil, il est
difficile de différencier sa tête
de son postérieur.

Tout le monde rit tandis
que Victoria, qui semble
un peu nerveuse, la replace
à l'endroit.

Pénélope regarde, fascinée
par la façon dont s'y prend
Victoria pour calmer

Florence. Elle caresse
l'animal à un rythme régulier,
puis après un moment,
Florence se blottit contre
la poitrine de Victoria.

Voir Victoria caresser
Florence donne presque
le goût à Pénélope de tenir
un cochon d'Inde. En fait,
la patience et la délicatesse
de Victoria ont convaincu
Pénélope qu'elle pourrait

peut-être l'aider à ajouter

les petits détails à ses dessins.

Les nervures des feuilles

peuvent être très difficiles

à faire et demander

beaucoup de temps.

En tant que chef

de cabane, Pénélope est tout

à fait prête à mettre les talents

de Victoria en avant.

—Tu étais très douée avec les cochons d'Inde, Victoria, dit poliment Pénélope lorsqu'elles sont de retour dans leur cabane.

Elle le dit devant Bob et Aurélie, afin que Victoria se sente spéciale.

—Eh bien, pas *toi*. Tu n'en as même pas pris un dans tes bras, répond Victoria. Tu dois vraiment essayer

de nouvelles choses,
Pénélope, ou tu n'évolueras
jamais. J'espère que tu auras
le courage d'aller dans
la catapulte.

Bob et Aurélie gardent
le silence et écoutent,
ce qui rend le commentaire
de Victoria encore plus
méchant. Pénélope a
une soudaine envie de se

mettre à chanter : *Au clair de la lune, j'ai pété dans l'eau.*

Mais pour préserver la paix dans la cabane, Pénélope s'abstient de le faire. Son entraînement a peut-être porté fruit. Elle ne s'est pas emportée quand Aurélie s'est assise à côté de Bob dans la grange, et elle ne réagit même pas au commentaire mesquin de Victoria.

Ensuite, vient le tour

à vélo, puis après le souper,

ils devront choisir entre

les arts ou le feu de camp.

Pénélope sait exactement

ce qu'elle va faire. Elle doit

absolument commencer

ses dessins ce soir (ainsi que

les plans pour garder

la cabane propre et rangée).

Pénélope prend une grande

inspiration, et s'apprête

à dire quelque chose de très important. Mais Victoria a déjà commencé à parler.

— La cabane sept va gagner le concours de la meilleure cabane, dit-elle d'une voix enthousiaste. Et c'est moi qui serai votre chef.

CHAPITRE HUIT

Même si elle sait que

les dragons sont

des personnages fictifs et

qu'ils n'ont jamais existé,

pas même dans l'Antiquité…

... Pénélope imagine parfaitement
des flammes jaillir de son nez
à ce moment précis.

Heureusement, elle réussit

à mettre en pratique

ses techniques pour *ne pas

réagir*. Elle jette un œil

à son sac et pense à la liste

qu'elle a cachée dans

sa pochette secrète.

Elle sait que peu importe

à quel point elle sera fâchée,

et peu importe ce que dit

Victoria, la règle numéro

un de sa liste reste très claire :

1. *Pas de crise*

Lorsque Pénélope prend

la parole, sa voix tremble

faiblement et ses dents

du haut et du bas semblent

être soudées ensemble.

Mais elle ne crie pas et

les veines sur ses tempes

ne sont pas encore sorties.

— En fait, Victoria,

intervient-elle aussi calmement

qu'elle le peut, je crois

que je devrais être la chef.

J'ai d'excellentes idées.

— Bien, répond Victoria.

Parlons-en.

Pénélope remarque

que Bob et Aurélie ont baissé

les yeux, comme si elles

ne voulaient pas être là.

— Qui est la plus vieille ? Toi

ou moi ? demande Victoria.

Victoria est la plus vieille

de la classe. Tout le monde

le sait.

— C'est toi, répond Pénélope.

Mais ce n'est pas...

— Et qui est la plus grande ?
Toi ou moi ? l'interrompt
grossièrement Victoria.

Pénélope la fusille
du regard. Récemment,
ils ont dû se placer par ordre
de grandeur pour la photo
d'école. Comme Pénélope
est la plus petite de sa classe,
elle a été contrainte de se
mettre au centre de la rangée

du bas (comme toutes
les autres années, d'ailleurs).

Honnêtement, Pénélope
se demande comment elle
a pu penser qu'elle et
Victoria pourraient bien
s'entendre. Victoria n'a pas
seulement été méchante
depuis sa naissance.
Elle devait probablement être
méchante quand elle était

dans le ventre de sa mère,
ou même *avant* ça.

S'il y avait un concours
de la fille la plus méchante,
Victoria le remporterait
haut la main.

Pénélope remarque qu'elle
a les mains sur les hanches.
Elle ne se souvient pas
à quel moment elle les a
posées là. Ses paumes sont
moites. Ses tempes battent

très fort et ses joues sont chaudes. Très chaudes.

— TU ES PEUT-ÊTRE PLUS VIEILLE. ET TU ES PEUT-ÊTRE PLUS GRANDE, crie-t-elle. MAIS CE N'EST PAS TOI QUI PLACES TES LIVRES EN ORDRE ALPHABÉTIQUE DANS SON CASIER. CE N'EST PAS TOI QUI AS LA RÉPUTATION D'ÊTRE ORDONNÉE. TU AS JUSTE LA RÉPUTATION D'ÊTRE

CONSTAMMENT MÉCHANTE.
TU SERAIS LA PIRE CHEF
DU MONDE ENTIER.

— Oh, mon Dieu, rétorque Victoria. Tu devrais être gênée. Tu agis tellement comme un bébé, Pénélope Fortin. Tu as besoin de te calmer. Tout. De. Suite. Sans blague! Tu as l'air complètement folle avec ton visage tout rouge.

Regarde, même tes veines sortent de ton visage.

C'est dégoûtant.

Même si les larmes lui montent aux yeux, Pénélope ne pleure pas. Elle a toutefois commis le pire. Elle a enfreint la règle numéro un – la plus importante.

Pénélope déglutit. Elle presse ses veines avec les doigts pour tenter de les faire dégonfler et se rappeler

de respirer.

Elle regarde autour

et remarque que Bob s'est

déplacée près de la porte.

Aurélie se tient à ses côtés.

Elle le ressent comme

un manque de soutien

de la part de sa meilleure

amie, et ce, même si

la cloche pour la prochaine

activité vient de sonner.

Bien qu'elle ait du mal à parler, Pénélope s'efforce de rester calme. C'est absolument essentiel pour obtenir leurs deux votes. Elle prend une grande inspiration et dit :

— Bob, Aurélie, qui selon vous devrait être la chef ?

Bob et Aurélie se mettent en retrait pour discuter en privé.

Pendant qu'elles attendent leur réponse, Pénélope et Victoria échangent des regards. Pénélope essaie de regarder Victoria dans les yeux, mais ils sont très intenses. Après un moment, elle décide donc de regarder sa bouche. Puis ses oreilles.

Bob et Aurélie reviennent enfin vers elles.

— Nous croyons que nous n'avons pas vraiment besoin d'une chef, commence Bob.

— Mais si vous y tenez absolument…, poursuit Aurélie.

— … dans ce cas, vous devriez l'être toutes les deux, conclut Bob.

Puis, sans même leur donner le temps de répondre, elles sortent de la cabane en courant.

Pénélope n'est pratiquement
jamais en retard, mais
cette fois-ci, elle ignore
la cloche et reste seule
dans la cabane. Les accès
de colère, c'est épuisant, et
celui-ci était particulièrement
terrible. Elle a juste envie
de se rouler en petite boule
dans son lit et de se reposer.

Elle se demande ce qui
la met le plus en colère.
En tout cas, le manque
de soutien de la part de Bob
en fait sans aucun doute
partie. Si Pénélope pouvait
exaucer un vœu en ce
moment, elle souhaiterait
que Bob revienne et
lui présente ses excuses.
Malheureusement (et
Pénélope en fait l'essai, juste

pour voir), son vœu ne
se réalise pas.

Bien sûr, ce qui la fâche
également, c'est qu'elle
a déjà enfreint la première
règle de sa liste (le premier
jour du camp !). Pénélope
va chercher son sac et prend
sa liste dans sa pochette
secrète. Elle devra y apporter
quelques changements.
Au moins, elle sait qu'elle se

sentira beaucoup mieux
lorsque ce sera fait.

Pénélope fouille dans
les tiroirs de la commode.
L'un d'eux est vide, mais dans
l'autre se trouvent du papier
blanc, de la gommette,
du ruban adhésif et trois
crayons. Bien que les crayons
ne soient pas de la même
couleur que celui qu'elle a
utilisé pour dresser sa liste,

Pénélope parvient à faire les modifications sans que cela paraisse trop.

Au moment où elle termine, Raphaël jette un œil par la porte entrebâillée.

—Ah, te voilà, Pénélope, dit-il. Ils attendent après toi pour commencer l'activité de vélo. Tu viens ?

Pénélope se dépêche de ranger sa liste dans le tiroir

pour que Raphaël ne la voie
pas. Puis elle referme le tiroir
et l'accompagne.

Pénélope guide son vélo
jusqu'au chiffre huit peint
sur le terrain de basketball.
Après un départ chancelant,
elle réussit à reprendre
son équilibre.

C'est la troisième fois
qu'elle fait le tour du terrain.

Chaque fois, elle trouve cela plus facile. Chaque fois, elle se sent plus en confiance.

Elle a dépassé Victoria deux fois. Pénélope se concentre très fort pour se faire pardonner son retard à l'activité vélo en s'appliquant assidûment. Mais Victoria affiche un large sourire. Pénélope se demande si son sourire est forcé. *Elle* n'a

vraiment pas envie de sourire
en ce moment.

— Bon travail, lance
l'entraîneur de vélo. Nous
allons maintenant essayer
de pédaler deux par deux,
en nous tenant la main.
Vous devrez vous diriger vers
la ligne, puis revenir. Guidez
le vélo avec votre main
extérieure, et tenez votre
partenaire par la main

intérieure. Nous allons ensuite faire le même trajet en sens inverse.

Pénélope regarde à sa gauche. Bob est sa partenaire.

Le casque de vélo de Bob recouvre ses cheveux très courts.

Quand elle envoie un petit sourire (de culpabilité?) à Pénélope, elle ressemble à un œuf avec des dents.

Pénélope ressent une pointe de déception. Elle ne peut pas croire que Bob ne l'a pas défendue. La déception amène un sentiment de solitude.

C'est le genre de solitude que Pénélope a ressentie plusieurs fois auparavant. Mais c'était avant de rencontrer sa meilleure amie.

— Est-ce que ça va, Pen ? murmure Bob en prenant

la main de Pénélope dans la sienne. Veux-tu discuter après cette activité ?

Juste toutes les deux ?

Pénélope hoche la tête. Elle est soulagée que Bob veuille discuter. Son amie va peut-être bien lui faire ses excuses. Même si elles viennent tardivement, Pénélope va accepter les excuses de Bob aussi poliment que possible.

Elle est étonnée de constater qu'elle peut manier un vélo avec une seule main et tenir Bob par l'autre main.

Si elles s'éloignent trop l'une de l'autre – ce qui est arrivé à quelques reprises –, elles se lâchent et se séparent jusqu'à ce qu'elles se rapprochent.

Puis, elles se tiennent fermement
par la main à nouveau.

C'est une excellente façon
(qui tombe à point nommé)
de reprendre les rênes
d'une grande amitié.

CHAPITRE SEPT

Pénélope et Bob sont assises sur un banc dans la salle de lavage. Elles ont choisi cet endroit pour avoir plus d'intimité. Elles sont entourées de sécheuses remplies de linge qui emplissent la pièce d'un léger bourdonnement.

Pénélope attend que Bob prenne la parole. En fait, ça fait un moment qu'elle attend. Elle décide donc de parler en premier.

—Je te pardonne, dit Pénélope.

Bob la regarde et secoue la tête.

— Mais enfin, Pénélope !

répond simplement Bob.

Pénélope fronce les

sourcils. Elle a peut-être

besoin d'être plus précise.

— Évidemment, comme

tu es ma meilleure amie,

je m'attends à ce que

tu prennes ma défense

quand Victoria est méchante

avec moi. Je m'attends

aussi à ce que tu votes

pour moi pour être chef

de cabane.

— Pen, tu *sais* que Victoria

peut être méchante.

Mais ce que tu as dit,

et la façon dont tu l'as dit...

    Bob fait un geste avec

ses mains. On dirait une

fusée qui s'élance dans le ciel.

— Tu lui as pratiquement

dit que tout le monde

la trouve méchante. Et qu'elle

serait la pire chef du monde

entier. C'était méchant,

ça aussi, si tu y penses bien.

   Parfois, Pénélope ne

se souvient pas de tout

ce qu'elle a dit pendant

son accès de colère. Se faire

rappeler qu'elle a dit que

Victoria serait la pire chef

du monde entier lui donne

un peu mal à la tête. Et elle

est très contrariée du fait

que Bob considère qu'elle

a été méchante. Elle se frotte

le front.

—J'ai vraiment essayé

de me retenir de réagir, Bob.

—Victoria va toujours essayer

de te faire la vie dure, Pen.

Tu ne peux pas la laisser

te faire perdre les pédales.

   Pénélope n'aime pas trop

l'emploi de l'expression

« perdre les pédales ».

Néanmoins, Bob a un bon point.

—Tu sais, ça nous est totalement égal à moi et à Aurélie qui de toi ou Victoria est la chef, ou d'élire une chef tout court, poursuit Bob. Regarde, ça nous est même égal de ne pas remporter le concours. Surtout si c'est pour faire de la chicane dans la cabane.

Ce qui nous *importe*, c'est
que tout le monde passe
un bon moment au camp.

Pénélope se gratte la tête.
C'est difficile à croire que
Bob et Aurélie ne souhaitent
pas remporter le concours
de la meilleure cabane. À vrai
dire, elle comprend mieux
le point de vue de Victoria
– le concours a autant
d'importance pour Victoria

que pour Pénélope. Mais
il y a une chose que Pénélope
apprécie chez Bob, elle ne
ment jamais à propos
de ses émotions.

C'est peut-être encore plus
important que d'avoir
une meilleure amie qui vote
pour elle, et ce, même si ça
donne mal à la tête
à Pénélope.

—Je peux être amusante parfois, n'est-ce pas? demande-t-elle.

Bob hoche la tête énergiquement.

—TRÈS amusante, déclare-t-elle. *Follement* amusante!

Pénélope se lève et tend la main. Lorsque Bob s'y agrippe, Pénélope la redresse d'un coup sec. Puis elle pince le bras de Bob (amicalement).

—Allons nous amuser, lance-t-elle.

❀   ❀   ❀

Heureusement, Pénélope et Bob sont à la même table que Joannie et Émilie pour le souper. Si elles avaient dû s'asseoir avec Victoria, Pénélope n'aurait pas su quoi faire. Depuis que Bob lui a fait remarquer qu'elle a été méchante elle aussi,

Pénélope se sent un peu mal

à l'aise à l'idée de revoir

Victoria.

— Peut-être que la meilleure

chose à faire, c'est d'ignorer

Victoria. Elle peut s'organiser

toute seule pendant que

nous faisons notre possible

pour que la cabane sept soit

formidable, propose

Pénélope à Bob.

La salle à manger est très
bruyante. De l'autre côté
de la table, Joannie prend
des pois dans son assiette et,
très subtilement (pour ne pas
se faire remarquer par
les professeurs), elle les lance
vers les tables des garçons.
C'est très dérangeant,
mais Pénélope essaie tout
de même de rester
concentrée.

—J'ai pensé que nous

pourrions disposer nos

souliers en forme de cœur

devant la porte de la cabane.

Et ranger nos sacs

d'une façon créative.

Je pense aussi que ce serait

ingénieux d'étiqueter le bac

de recyclage...

   Pénélope n'a pas le temps

de terminer sa phrase

qu'une cuillerée de purée

de pommes de terre vole

dans les airs et s'écrase

contre sa joue, d'une manière

totalement inacceptable.

Il est vrai que Pénélope

ne pourrait s'imaginer

recevoir une cuillerée

de purée de pommes de terre

sur la joue d'une manière

acceptable.

Avant qu'elle réagisse,

Alex est déjà à ses côtés.

—Je suis vraiment, vraiment désolé, Pénélope, dit-il, d'un ton si sincère que Pénélope doit admettre qu'il s'agit d'un simple accident ou bien que le garçon a eu un autre moment d'égarement.

—Je crois que ça va aller, Alex, répond Pénélope en essuyant sa joue avec une serviette.

Alex se dirige alors de l'autre côté de la table et

frotte les cheveux de Joannie avec de la purée de pommes de terre.

Joannie n'a aucune réaction et le laisse faire. Pénélope imagine que Joannie est sous le choc. Des morceaux de purée tombent sur la table comme une mini-avalanche.

Puis Joannie est soudainement prise d'un fou rire. Si elle ne la connaissait pas mieux, Pénélope serait tentée de croire qu'elle

y prend plaisir.

Pénélope est stupéfaite.

Qu'y a-t-il de drôle dans le fait

d'avoir de la purée de pommes

de terre dans les cheveux?

Sa stupéfaction doit

paraître sur son visage,

puisque Bob se penche vers

elle et lui chuchote à l'oreille :

— Ils ont le béguin l'un pour

l'autre.

Ha ! ha ! Pénélope repense

à Alex qui tentait d'en mettre

plein la vue lorsqu'ils ont

visité la catapulte, ou qui

a enfoui Florence sous

son chandail pour se cogner

ensuite contre Joannie.

L'explication de Bob est tout

à fait plausible. Mais si *avoir*

le béguin pour quelqu'un

implique qu'on agisse d'une

façon aussi bizarre, Pénélope

espère que ça ne lui arrivera
JAMAIS.

Néanmoins, elle est
reconnaissante que Bob ait
partagé cette information
avec elle. Elle ne l'aurait
jamais deviné sans l'aide
de sa meilleure amie.

Pénélope est aussi
heureuse d'avoir eu
cette conversation avec Bob.
C'est parfois déroutant

d'avoir une meilleure amie

qui a des opinions

totalement opposées aux

nôtres. Mais d'un autre côté,

Bob comprend des choses

que Pénélope ne saisit pas.

Pénélope commence

à penser qu'il s'agit

d'une BONNE chose. Même

si les points de vue de Bob

lui donnent parfois mal

à la tête, ils ont aussi leur importance.

Ainsi, quand Bob informe Pénélope qu'elle préfère assister à l'activité du feu de camp après le souper plutôt qu'à celle des arts plastiques, Pénélope n'en fait pas un drame. En réalité, elle est plutôt sereine.

Pénélope bâille tandis
qu'elle rentre à la cabane
en compagnie d'Aurélie après
l'activité d'arts plastiques.

— Waouh, dit Aurélie,
qui s'est s'arrêtée
pour regarder le ciel.

— Waouh, répète Pénélope,
en s'immobilisant
à ses côtés.

Le croissant de lune est
suspendu au-dessus de

leurs têtes, plus gros et plus

brillant qu'il ne l'a jamais été

en ville, et Pénélope n'a

jamais vu autant d'étoiles

de toute sa vie. On dirait

le planétarium phosphorescent

au plafond du salon

de grand-papa André,

mais en plus majestueux.

— Ça nous fait sentir

si petits, n'est-ce pas ?

dit Aurélie.

Elle donne un petit coup

de coude à Pénélope et rit.

—Ne le prends pas mal.

Je parlais de nous tous,

pas juste de toi.

Pénélope sourit.

—Je ne le prends pas

personnel, répond-elle.

Elle respire l'air frais

de la nuit.

—Ça me fait sentir à quel

point tout est possible.

Aurélie hoche la tête.

— Comme si nous étions un minuscule morceau de casse-tête dans un monde grandiose et spécial, ajoute-t-elle.

Les filles regardent le ciel en silence. Ce qui est étrange, c'est que ce silence n'est pas rempli de malaise du tout. Pénélope n'avait encore jamais été seule à seule avec Aurélie. Elle ignorait

qu'Aurélie était si douée

en dessin jusqu'à ce soir,

ou qu'elle avait souvent

les mêmes pensées qu'elle.

Dans un sens, c'est

une bonne chose que Bob

et Victoria aient choisi le feu

de camp plutôt que les arts

plastiques. En fait, elle est

heureuse de s'être fait

une amie qui apprécie l'art

autant qu'elle. Pénélope
et Aurélie ont dessiné six jolis
portraits en tout. Il n'y a
qu'un mur vide dans
la cabane (à cause des lits
et des portes), mais Pénélope
a déjà une idée de la façon
dont elle va disposer
leurs œuvres. Et en plus,
c'était bien de passer
du temps avec Aurélie.
Pénélope est maintenant

certaine qu'Aurélie n'est pas
le genre de personne à lui
voler sa meilleure amie.

Puis soudain, elles entendent
un son.

— *Booouh*.

Les filles échangent
des regards. Pénélope sourit
et donne un petit coup
de coude à Aurélie
(elle a pensé la pincer,
mais s'est ravisée sous

prétexte que leur amitié

est trop nouvelle pour ça).

Même si elle ne connaît

pas la voix de Bob de fond

en comble, l'ombre qui

se reflète sur le mur

de la salle de lavage

est facilement

reconnaissable.

«Oh non, Aurélie, dit Pénélope à voix haute. Est-ce que c'est un fantôme?»

Aurélie couvre sa bouche avec sa main pour réprimer un fou rire.

— Peut-être, dit-elle en marquant une pause.

Puis elle ajoute :

— Je crois que c'est la pire sorte de fantôme. Un fantôme en forme de Bob !

— OK, vous m'avez eue, crie Bob, qui vient se placer entre les deux.

Elle tend une saucisse
calcinée à Pénélope et
à Aurélie. Elles en prennent
chacune un morceau.

— Pas mal, dit Aurélie.
Si on aime le goût
de la cendre brûlée.

— Miam, c'est croustillant,
renchérit Pénélope.

C'est peut-être dû
à la fatigue, mais un rien

la fait rire. Et ces rires sont
contagieux.

Lorsqu'elles arrivent
à la cabane sept, par contre,
elles arrêtent de rire.

La lumière du portique est
allumée. Il y a deux rangées
de souliers, disposées de
la même façon de chaque
côté, qui partent des escaliers
jusqu'à la porte. Victoria a
accroché des cartons rouges

tout le long du parquet. Ça
ressemble à la reconstitution
d'un tapis rouge.

— C'est génial ! s'exclame
Aurélie.

Bob et elle font semblant
qu'elles sont des vedettes
de cinéma, en saluant
une foule imaginaire et
en lui soufflant des baisers.

Pénélope convient
que l'entrée est magnifique,

peut-être même plus que
l'aurait été son cœur
de souliers. Mais elle est
sur ses gardes.

—Je croyais que Victoria
était allée au feu de camp
avec toi, chuchote Pénélope
à Bob.

—Elle y était, répond Bob.
Mais elle est partie tôt,
car elle était fatiguée.

Pénélope est encore plus

sur ses gardes. Elle suit

les filles à l'intérieur.

Victoria a *vraiment* l'air

fatiguée, mais elle ne s'est

manifestement pas reposée.

— Alors, consœurs de

la cabane sept, dit Victoria.

Qu'est-ce que vous

en pensez?

Pendant que les autres

disent à Victoria à quel point

la cabane est magnifique,

Pénélope procède à

sa propre inspection.

Elle est étonnée que l'endroit

soit aussi ordonné.

Leurs sacs sont rangés

par ordre de grandeur.

Les quatre brochures

du camp sont disposées

à la verticale sur le banc,

ouvertes et parfaitement

alignées.

Lorsque Pénélope constate que Victoria a conçu des étiquettes pour le bac de recyclage et la poubelle, et qu'elle les a collées avec de la gommette, elle est très impressionnée.

Puis soudain, elle remarque que le tiroir du bas de la commode est ouvert, et vide. Cela signifie qu'il y a

quelque chose d'accroché

au mur avec la gommette…

LISTE POUR
UN CAMP RÉUSSI

1. Pas de crise (à moins que les gens soient très méchants)

2. Pas de pleurs

3. Remporter (au moins) un prix

4. Essayer (presque) toutes les activités ?

—Ta-dah! s'écrie Victoria
en désignant la liste
de Pénélope en riant.
Je l'ai trouvée dans le tiroir.

Puis elle se tourne vers Bob
et Aurélie :

—Pouvez-vous le croire?
C'est tordant, non?

Pénélope a l'impression
que son cœur a chuté
dans son estomac. C'est
probablement le moment

le plus humiliant qu'elle ait

jamais vécu.

— C'est privé, Victoria,

dit Pénélope d'une voix

tremblotante. C'est

ma liste ULTRASECRÈTE.

Pénélope sent Bob

se rapprocher et mettre

un bras autour d'elle.

— Je sais, glousse Victoria.

C'est pour ça que c'est

si drôle. C'est tellement

enfantin. «À moins que
les gens soient TRÈS
méchants», dit-elle
d'une voix moqueuse.
Et je te vois venir avec la règle
numéro quatre, Pénélope.
Tu as l'intention de te
dispenser de la catapulte.

   Pénélope ressent tous
les symptômes menant
à une crise de colère.
Les pulsations dans ses tempes,

la chaleur qui lui monte au visage. LES MOTS COLÉRIQUES QUI SE BOUSCULENT DANS SA TÊTE ET QUI S'APPRÊTENT À SORTIR DE SA BOUCHE.

Mais quelque chose l'en empêche. C'est peut-être le fait de voir la liste devant ses yeux, avec les mots « Pas de crise » écrits en toutes lettres. Ou peut-être bien le bras de Bob autour de ses épaules, qui lui rappelle ce que Bob lui a dit un peu plus tôt. Bob a raison. Elle ne devrait pas laisser Victoria lui faire perdre les pédales.

Peu importe ce que c'est, ça dure assez longtemps pour faire passer la montée de colère que ressentait Pénélope.

Puis soudain, Aurélie fait quelque chose de totalement inattendu. Elle se dirige vers le mur et décroche la liste. Elle la rend à Pénélope.

—Tu ne devrais pas faire des choses comme ça, Victoria, dit Aurélie.

Sa voix est un peu tremblotante. Aurélie n'a jamais critiqué Victoria auparavant. C'est très courageux de sa part,

et ça aide Pénélope

à se sentir un peu mieux.

— Ouais, tu devrais laisser

Pénélope tranquille, Victoria,

ajoute Bob.

Victoria roule des yeux

comme si ce n'était pas

important, mais Pénélope

peut affirmer qu'elle est très

bouleversée. Ses sourcils

sont soudés ensemble,

et elle marmonne qu'elle est la seule personne normale dans la cabane.

Puis Victoria regarde l'horloge, qui est le seul ornement sur le mur de la cabane.

— C'est l'heure d'éteindre les lumières, dit-elle. Défense de parler. C'est une RÈGLE.

Il est minuit et huit minutes. Pénélope est très fatiguée, mais elle n'arrête pas de penser à tout ce qui s'est passé à sa première journée au camp.

Les ronflements de Bob ne l'aident pas non plus. Honnêtement, ça ne lui a pris que trente secondes pour s'endormir. Après s'être tournée et retournée dans son sac de couchage pendant un moment, Aurélie semble maintenant avoir trouvé le sommeil elle aussi.

Pénélope croit que Victoria s'est également endormie lorsqu'elle l'entend soudain parler.

— Non. Ne fais pas ça.

Pendant un instant, Pénélope a l'impression qu'elle va dire quelque chose en lien avec le fait qu'elle a accroché sa Liste Ultrasecrète sur le mur. Mais il y a quelque chose d'étrange dans la voix de Victoria qui retient Pénélope de répondre.

— Non. Pitié. Noon. Jasmine, nooon.

Cette fois-ci, les mots de Victoria résonnent comme une plainte, et Pénélope comprend ce qui se passe.

Victoria parle dans

son sommeil. Elle doit faire

un mauvais rêve, et ça ne

semble pas bien se passer.

Pénélope croit entendre

un léger sanglot avant

que la respiration de Victoria

redevienne régulière.

Pénélope pourrait

se passer de Victoria dans

sa cabane. Elle pourrait

même se passer de Victoria

dans sa vie, en fait. Mais

elle n'aime pas savoir

qu'une personne est triste.

Même si ce n'est qu'un *rêve*.

Elle se retourne, et essaie

de penser à autre chose.

Les rêves n'ont rien à voir

avec la vraie vie.

Et en plus, la dernière

chose dont elle a envie

en ce moment, c'est d'avoir

de la compassion pour

Victoria Garcia ! Demain,

une journée chargée l'attend.

La catapulte est prévue

pour onze heures.

Pénélope ignore encore

comment elle va gérer

la situation.

Aucune. Idée.

CHAPITRE HUIT

Étonnamment, le déjeuner se déroule dans le calme.

Il n'y a pas de bataille de nourriture, et tout le monde semble avoir moins d'appétit que la veille. Après le déjeuner, ils vont faire une promenade

autour du lac. C'est
une journée magnifique,
alors peut-être souhaitent-ils
juste s'imprégner
du moment. Pénélope
a toutefois des doutes.

Une chose est certaine.
Elle a l'estomac à l'envers.

Au fur et à mesure qu'ils
approchent de la catapulte,
son estomac lui fait de plus
en plus mal. Pénélope est

heureuse que sa meilleure
amie soit à ses côtés.

Plus loin en avant, Alex
a lancé un mouvement
de vague, qui se dirige vers
Pénélope et Bob. Lorsqu'elle
les atteint, Pénélope réalise
qu'elle n'arrive pas à lever
les bras convenablement.

—Tu sais quoi, Pen? dit Bob
en se tournant vers elle.
Tu es un peu pâle. Tu n'es pas

obligée de le faire si tu n'en as pas envie. Ne fais pas attention à ce que les autres pensent.

Pénélope inspire profondément.

— Mais tu vas le faire, toi? demande-t-elle à Bob.

Bob hoche la tête.

— Ouais, j'ai vraiment envie de l'essayer, répond-elle (avec toute sa sincérité habituelle). Mais tu sais, il y en a plein d'autres qui sont terrifiés. Regarde Félix Auger.

Pénélope jette un œil au loin. Félix Auger (qui excelle dans la plupart des sports) s'est placé en retrait. En fait, il s'est placé derrière elles, tout au bout de la file. C'est un très bon indice que Félix est nerveux. Pénélope pense aussi qu'il s'agit d'une très bonne idée.

Maintenant que Pénélope regarde autour, elle remarque que plusieurs autres enfants ont manifestement l'air nerveux. Elle en a la preuve lorsqu'elle aperçoit Alice Bérubé qui remue sans cesse et qui louche, puis qui se met à rire bêtement. Pénélope est rassurée de savoir qu'elle n'est pas la seule à se sentir anxieuse.

Alex Gabriel y va en premier.
Pénélope tire sur la corde
avec les autres, mais elle
manque de force dans les bras
et les cris d'encouragement
des autres enfants ne sont
qu'un bruit de fond. Elle est
incapable de penser à autre
chose qu'à sa nervosité.

Pénélope regarde Alex
qui s'élève haut, haut dans
les airs, jusqu'à ce qu'il ait

atteint la hauteur maximale

de la catapulte. Il tire

sur la poignée verte sans

la moindre hésitation.

Pendant sa descente, il étire

son bras droit pour imiter

Superman, exactement comme

il l'avait dit. On dirait

vraiment qu'il est en train de

voler au secours de quelqu'un.

Mais une fois débarqué

de la catapulte, il redevient

le bon vieux Alex m'as-tu-vu,

et invite les autres en ligne

à taper dans sa main.

Joannie est la suivante.

— Oh, mon Dieu ! crie-t-elle

après que Raphaël a bien

attaché le harnais et lui

a indiqué qu'elle pouvait

y aller. Cette chose-là

me coince entre les fesses !

Plusieurs enfants se mettent

à rire. Pénélope essaie

de sourire, mais elle est
si épuisée et si faible qu'elle
y parvient difficilement.

Olivier Audet a dû s'en rendre
compte, car tout de suite
après le tour de Joannie,
il quitte sa place à l'avant
de la file pour aller
la rejoindre.

— Est-ce que ça va, Pen ?
demande-t-il. Tu as l'air
bizarre.

Pénélope fait non de la tête. Elle devrait peut-être faire semblant que tout va bien, mais elle n'y parvient pas.

— Hé, Bob, est-ce que ça te dérange si Pen recule un peu dans la file? questionne-t-il.

— Non, c'est une bonne idée, Olivier, répond doucement Bob.

Pénélope se sent de mieux

en mieux au fur et à mesure

qu'elle s'éloigne de

la catapulte. Ils arrivent

enfin au bout de la file.

—Tu ne devrais pas être

aussi nerveuse, dit Olivier.

Tu n'as qu'à t'élever à

la hauteur que tu le désires.

Je l'ai déjà fait. C'est

terrifiant les premières

secondes, mais ça devient

super amusant par la suite.
Ça va bien aller.

Pénélope fait une grimace,
mais elle tremble beaucoup
moins maintenant. Olivier
Audet n'est *pas* un menteur.

— Et en plus, ajoute Olivier
en la regardant d'un air
sévère, un tas d'enfants
l'ont déjà fait, et personne
n'est mort.

Pénélope sent un sourire sincère illuminer son visage.

— En fait, je n'ai jamais cru que j'allais mourir, dit-elle.

— Bien, lance Olivier en souriant. Parce que ça n'arrivera *probablement* pas.

Olivier reste avec Pénélope jusqu'à ce que ce soit son tour. C'est amusant de voir les enfants flancher et retourner au bout

de la file. Lorsque le tour
de Pénélope arrive, il y a
encore six personnes derrière
elle. Victoria Garcia est
l'une d'elles. Pénélope
suppose qu'elle souhaite
s'élancer en dernier pour
que tout le monde lui prête
attention quand elle va
chanter son horrible chanson
plutôt que de s'inquiéter
de leur tour à venir.

C'est enfin au tour de Pénélope. Lorsque Raphaël attache le harnais, Pénélope doit se rappeler de respirer. Elle s'accroche fermement à la corde pendant qu'elle s'élève dans les airs.

La poignée verte est tout juste à côté d'elle. Une fois rendue à mi-chemin, elle songe à dire aux autres d'arrêter. Elle y songe à nouveau aux trois quarts de la montée. Mais pour une raison qu'elle ignore, elle se laisse hisser encore et encore.

Depuis la hauteur MAXIMALE de la catapulte (dix-huit mètres et demi ! – mais ce n'est pas le moment de penser à ça), Pénélope a une vue panoramique du camp. Le lac scintille comme s'il était rempli de diamants. Pénélope est terrorisée.

‗ Mais elle ressent une émotion plus forte que la peur. Une forme d'excitation qu'elle n'a encore jamais vécue. ‗

— OK, Pénélope. Tire la poignée au décompte de trois, crie Raphaël. Un !

Elle a encore le temps de faire marche arrière.

Pénélope pourrait demander

à Raphaël et aux autres

enfants de la faire redescendre.

— Deux !

Ou elle pourrait se rendre

à la moitié de la catapulte

et s'élancer de cet endroit.

— Trois !

Ou elle peut le faire.

Tout de suite.

Pénélope tire la poignée.

Elle ressent une petite

secousse au moment

où elle se laisse tomber.

  Puis Pénélope CHUTE

vers le sol.

Pénélope a l'impression d'être
un oiseau. Elle a l'impression d'être
un avion. Elle est VIVANTE !

Ça n'a duré que quelques secondes, mais ces secondes dans la catapulte lui ont semblé plus longues que d'habitude.

Elle est encore étourdie et excitée quand ses pieds touchent le sol.

—T'as été géniale ! s'exclame Bob, qui aide Raphaël à détacher le harnais. Tu as vaincu ta peur.

Pénélope est à bout
de souffle.

— J'ai réussi ! crie Pénélope.
J'AI RÉUSSI !

Ses jambes tremblent
au moment où elle débarque
du harnais et se dirige à côté
de sa meilleure amie.

— C'est cool, hein ? dit Bob.
J'ai adoré ça.

Bob lance un regard
espiègle à Pénélope :

— Est-ce qu'on devrait supplier Raphaël de nous laisser faire un autre tour?

Pénélope secoue la tête en gloussant. Il est HORS DE QUESTION qu'elle y retourne. Mais elle est extrêmement fière d'elle. Elle a découvert une autre facette d'elle-même. Une partie d'elle a été assez courageuse pour faire une activité qui la terrifiait. Une partie dont

elle ignorait l'existence. ⸗

C'est plutôt amusant

d'aider à tirer sur la corde.

Pénélope a un regain

d'énergie maintenant

que son tour est passé.

Félix Auger ordonne d'arrêter

à peine quelques secondes

après avoir commencé

sa montée. Il a crié parce

que le harnais lui fait mal

aux fesses, mais Pénélope soupçonne qu'il ne s'agit pas de la véritable raison.

Aurélie se rend jusqu'au milieu et hurle tout le long de sa descente. Émilie et Alice crient comme des hystériques, mais désirent aussitôt le faire une autre fois.

Victoria Garcia est la dernière. Alors que Raphaël

s'apprête à attacher
son harnais, Pénélope
est impatiente d'entendre
Victoria chanter son horrible
chanson.

Quelque chose d'étrange
survient soudainement.
Victoria secoue la tête
vigoureusement. Puis, sans
dire un mot, elle se retourne
et se sauve en courant.

— Elle n'est pas dans la cabane, dit Aurélie. Nous avons cherché partout !

Pénélope se mord la lèvre. Elle n'a pas besoin d'avoir un diplôme de détective pour comprendre que quelque chose ne va pas.

Pénélope repense à Victoria qui parlait pendant son sommeil. Son mauvais rêve avait peut-être quelque

chose à voir avec

sa disparition ? Si Victoria

est fâchée, c'est normal

qu'elle se soit réfugiée dans

un endroit réconfortant…

— Je crois que je sais où elle

est, affirme soudainement

Pénélope en s'éloignant

du groupe.

Pénélope se tient

dans l'embrasure de la porte

de la grange. Victoria est dos

à Pénélope. Florence

se trouve sur ses genoux,

et elle caresse le très long poil

du cochon d'Inde. C'est

évident qu'elle est en train

de se vider le cœur.

— Je suis un vrai bébé.

Mais c'était trop haut...

et trop effrayant. Je vais

devoir mentir à Jasmine...

Pénélope ignore qui est Jasmine, mais il s'agit du nom que Victoria a prononcé pendant son sommeil hier soir.

Florence émet un son qui se situe quelque part entre un jouet qui couine et le roucoulement d'un pigeon. Victoria presse le cochon d'Inde contre sa poitrine pour lui faire un câlin.

—Je suis peut-être un bébé, poursuit-elle d'une voix si triste que ça touche directement Pénélope au cœur.

Ce n'est pas plaisant de voir Victoria dans cet état, et ce, même si elle peut parfois être extrêmement méchante. Pénélope entre et va s'asseoir à côté de Victoria.

—Tu n'es pas un bébé, Victoria, dit doucement Pénélope. La catapulte est *ridiculement* haute. C'est très normal d'avoir peur. J'étais terrifiée.

Victoria regarde Pénélope. Elle a les larmes aux yeux.

—Même *toi*, tu l'as fait, dit-elle (ce qui n'est pas très gentil, mais Pénélope lui pardonne).

— Eh bien, j'ai eu de l'aide, répond-elle. Olivier a su m'encourager et me motiver. Il a été génial.

Victoria prend une grande inspiration.

— Ce n'est pas seulement la catapulte, ajoute-t-elle. C'est à propos de *tout*.

Pénélope incline la tête sur le côté. Elle voudrait l'aider, mais *tout* englobe un tas de choses. Elle ne sait pas par où commencer.

— Qui est Jasmine ? commence-t-elle.

Des larmes se mettent à couler sur les joues de Victoria. Pénélope songe à lui frotter le dos (les gens font toujours ça à la télévision), mais elle ignore s'il s'agit de la bonne chose à faire.

Elle décide donc de garder
ses mains près d'elle.

—Ma grande sœur, répond
Victoria. Elle va tellement
se moquer de moi si
je ne fais pas la catapulte.

Victoria essuie ses larmes
avec le dos de sa main.
Florence couine-roucoule
à nouveau.

—Nous étions très proches.
Mais Jasmine est entrée

à la polyvalente cette année et elle a beaucoup changé. Elle ne s'assoit plus à côté de moi dans l'autobus, et elle n'arrête pas de me traiter de bébé. Elle est très, très méchante.

Pénélope repense à toutes les fois où Victoria a été très, très méchante. Elle l'a d'ailleurs été davantage cette année. Pénélope croit que ça a

quelque chose à voir avec
sa sœur, mais elle décide
de ne pas le mentionner.

— Mon frère Alexis est devenu
un peu bizarre quand il a
commencé la polyvalente,
explique Pénélope.

Victoria a l'air intéressée,
alors Pénélope poursuit.

— Les deux premières
semaines, il refusait
de m'accompagner jusqu'aux

portes de l'école si ses amis étaient là. Il disait que ça l'embarrassait.

Victoria renifle.

— Jasmine refuse de m'y accompagner tout court, dit-elle. Je dois marcher loin derrière elle, car elle dit que je sens mauvais.

Aïe. Alexis n'a jamais été *aussi* méchant. Victoria ne sent pas mauvais.

Pénélope a l'impression que la méchanceté est une affaire de famille chez Victoria.

— Mais tu sais, ajoute Pénélope, dès qu'Alexis a pris le rythme de la polyvalente, tout est redevenu normal.

Puis, elle réfléchit à ce qu'elle va dire ensuite.

— Ou peut-être me suis-je simplement habituée. Je ne

sais pas si c'est exactement comme avant, mais ça me va.

Victoria pousse un soupir.

— Je ne veux pas que les choses changent, murmure-t-elle. Je veux que tout redevienne comme avant.

Pénélope ignore quoi répondre. Elle est presque certaine que les choses ne redeviennent jamais normales. Mais elle s'abstient

de faire un commentaire
et regarde Victoria caresser
Florence.

— Si Jasmine et moi devions
prendre un nouveau départ,
dit Victoria, crois-tu que ce
pourrait être un bon départ ?

Pénélope inspire
profondément. Elle repense
à quel point c'était étrange
quand son père les a quittés
pour fonder une nouvelle

famille. Elle avait vraiment l'impression que les choses n'allaient jamais redevenir comme avant, et encore moins s'améliorer. Pourtant, au fil du temps, Alexis, sa mère et elle s'y sont habitués.

Maintenant, cela lui convient de le voir le week-end à l'occasion et pendant les vacances scolaires, plutôt que tous les jours. Ce n'est

peut-être pas parfait, mais
ça lui convient la plupart
du temps.

— Oui, répond Pénélope.
J'en suis certaine.

‒ C'est très agréable
de voir un sourire s'afficher
sur le visage de Victoria,
même s'il est tout petit. ‒

— Je m'excuse d'avoir
accroché ta liste sur le mur,
Pénélope, dit Victoria.

Tu sais, je fais des listes moi aussi. J'en ai une tonne à la maison. Je te les montrerai un jour.

Pénélope se mord la lèvre. C'est gentil de la part de Victoria de lui avouer qu'elle dresse des listes elle aussi, mais Pénélope ne souhaite pas aller chez elle. Ce n'est peut-être pas le bon moment pour lui confier cela, par

contre. Malgré toutes
les choses horribles que
Victoria a dites et faites,
c'est la première fois de sa vie
qu'elle demande pardon
à Pénélope. C'est tout
un choc. Mais c'est un bon
choc.

— Je suis désolée, moi aussi,
dit Pénélope. Je n'aurais pas
dû dire que tu étais la pire
chef du monde entier.

Ce que tu as fait à la cabane est magnifique. Je ne crois pas que j'aurais pu faire mieux.

— Moi non plus, réplique Victoria, sur un ton davantage amusant que méchant.

Pénélope décide de sourire.

— Qu'est-ce que *tu* en penses, Florence ? demande Victoria en soulevant le cochon d'Inde.

Pénélope étend le bras

et caresse son long poil doux.

Puis soudain, Pénélope

remarque quelque chose.

Elle rigole.

— Florence trouve qu'elle

est une meilleure confidente

quand on parle à son visage

plutôt qu'à son derrière.

Victoria éclate de rire au moment où elle retourne le pauvre cochon d'Inde.

Les deux fillettes rient encore lorsque Victoria se lève et dépose Florence dans l'enclos.

— Viens Pénélope, dit-elle en lui prenant la main. Je veux voir si j'ai encore le temps de faire un tour dans la catapulte. Si tu acceptes de me soutenir.

CHAPITRE NEUF

Au cours de l'après-midi,

la cabane de Pénélope

se joint aux autres groupes

pour la course d'orientation.

Bob et Aurélie ne sont pas

d'une grande aide pour

trouver le *Nid de chauves-souris*

(qui est caché au milieu du tronc d'un arbre très haut), mais Victoria se montre extrêmement coopérative et sait se servir (la plupart du temps) d'une boussole. Le groupe de Pénélope trouve la *Ruelle des vampires* en premier et le coche sur sa liste. Malheureusement, elles ont du mal à trouver l'*Autoroute de l'horreur* (elles

ont marché vers le sud plutôt
que le nord pendant quinze
bonnes minutes avant
que Pénélope se rende
compte de leur erreur).
Lorsqu'elles arrivent
à la *Chambre des cercueils*,
trois autres groupes sont
déjà sur place. Mais après
avoir été dans la catapulte
ce matin (et être montée
jusqu'au sommet!),

Pénélope n'a rien à
se reprocher.

Après tout, elle est presque
certaine que leurs chances
de remporter le concours
de la meilleure cabane
sont EXCELLENTES.
Immédiatement après
la course d'orientation,
les filles ont décoré les murs
avec les œuvres de Pénélope

et d'Aurélie. Pénélope

a adoré le résultat.

Au souper, ils ont mangé

du spaghetti bolognaise,

ce qui a plu à pratiquement

tout le monde. Ensuite,

tous les enfants ont joué

aux charades.

À présent, les filles

sont blotties dans leurs lits.

L'ambiance dans la cabane

sept en cette deuxième

(et dernière) nuit au camp

est complètement différente

de celle de la veille.

Tout le monde est heureux.

 Alors que l'heure

du couvre-feu est passée

et qu'elles seraient censées

dormir, chaque fille de

la cabane sept a déjà enfreint

le règlement au moins deux

fois. Pénélope sait qu'il ne

faut pas parler, mais la joie

qu'elle ressent lui donne

des papillons au ventre. En

fait, elle est si enthousiaste

qu'elle finit par dire quelque

chose qui ne lui ressemble

pas du tout. – Bataille

d'oreillers? propose-t-elle. –

Elle saute de son lit, monte

l'échelle jusqu'au lit supérieur

et balance son oreiller

sur la jambe de Bob, puis

sur le bras d'Aurélie, et enfin

(avec un peu plus de force)
sur l'oreille droite de Victoria.

Les trois filles restent
bouche bée pendant
une fraction de seconde,
tant leur surprise est grande.
Puis le silence laisse place
aux cris et aux coups alors
qu'elles se battent les unes
contre les autres avec leurs
oreillers (ce qui ne doit pas
être trop risqué, après tout).

Et grâce à Pénélope Fortin, les rires
s'échappent de la cabane sept bien
après le couvre-feu.

Le lendemain matin, après

le déjeuner, tous les enfants

se rassemblent dans

le réfectoire. Difficile

de croire qu'ils vont quitter

le Camp Papillon dans moins

d'une heure. D'un côté,

le temps a passé tellement

vite. D'un autre côté,

ça a semblé plus long

que quarante-huit heures.

Il s'est passé tant de choses.

   Pénélope se souvient

des premiers mots qu'Isabelle

leur a adressés : « Vous vivrez

de belles expériences
au camp. »

Isabelle procède
présentement à la remise
des prix. Elle va bientôt
annoncer le vainqueur
du concours de la meilleure
cabane. À côté de Pénélope,
Bob et Aurélie comparent
quelque chose dans
leurs brochures du Camp
Papillon et ne prêtent pas

attention au dévoilement des gagnants. Pénélope se penche et jette un coup d'œil derrière Bob et Aurélie.

Elle s'approche et donne une petite tape sur le genou de Victoria.

— Bonne chance, chuchote-t-elle.

Victoria se frotte le nez et se mord la lèvre, l'air aussi nerveuse que Pénélope. Puis elle montre à Pénélope

ses doigts croisés. Pénélope

croise instantanément

les doigts de ses deux mains.

Autant elle a apprécié

le camp, autant elle est

impatiente maintenant

de rentrer à la maison

pour retrouver sa mère,

son frère (qui n'est pas si

méchant que ça, finalement)

et grand-papa André. Ce

serait fantastique de pouvoir

rentrer à la maison avec

la médaille de la meilleure

cabane et de les rendre fiers.

Si sa cabane l'emporte,

Pénélope va certainement

porter sa médaille dans

l'autobus, et va fortement

suggérer à Bob, à Aurélie et

à Victoria de faire de même.

Ensuite, elle l'accrochera

sur son présentoir à bijoux.

À moins qu'elle l'accroche
sur le mur, avec toutes
ses autres récompenses?
Il y a plusieurs possibilités.
— Le gagnant du concours
de la meilleure cabane
cette année est...

Pénélope attend pendant
qu'Olivier Audet et Nathan
Sirois reproduisent
un roulement de tambour
sur les lattes du plancher.

Elle regarde Victoria. Elles ont toutes les deux les doigts croisés devant leurs visages.

— ... Cabane six ! déclare Isabelle d'une façon théâtrale. Joannie, Émilie, Alice et Sara.

Alex se lève d'un bond et crie haut et fort « Allez, Jo ! » à trois reprises, en agitant son poing dans les airs. Puis il accourt vers

Joannie et lui donne un petit coup sur le bras.

C'est une vision si étrange que Pénélope oublie momentanément sa déception.

Elle ressent toutefois un élan de jalousie quand elle voit les filles soulever leurs médailles. Bob pince le genou de Pénélope. Cette dernière regarde en direction

de Victoria. Elle fronce
les sourcils et fait la moue.
Pénélope a l'impression
que son élan de jalousie va
se transformer en déception
amère ou en colère. Elle est
totalement découragée.

Mais en même temps,
elle ne se sent pas aussi mal
qu'elle l'aurait cru.
Elle n'accorde plus autant
d'importance au concours

de la meilleure cabane

et aux jolies médailles.

C'est même plaisant

de voir Joannie (qui attire

normalement l'attention

par son indiscipline)

remporter un prix.

    Avant que Pénélope réalise

à quel point tout cela lui

est égal, Isabelle poursuit :

— Et maintenant, voici

mon prix préféré, dit-elle.

Le prix de la personne ayant

le plus fait preuve de soutien.

Il est remis à quelqu'un qui a

tout donné, mais qui malgré

tout a trouvé l'énergie

pour encourager les autres.

La récompense qu'exhibe

Isabelle n'est pas aussi

scintillante que la médaille

pour la meilleure cabane.

En fait, il s'agit d'un simple

bout de papier. Un certificat.

L'ancienne Pénélope,

celle qui n'était jamais allée

au Camp Papillon, n'en

serait pas impressionnée.

La nouvelle Pénélope,

par contre, trouve que

c'est très spécial. Elle espère

qu'Olivier va le remporter.

Elle a voté pour lui, mais

le dernier mot revient

aux responsables du camp.

Pénélope parcourt la salle du regard. Le moment est bien choisi, car à cet instant précis, Olivier Audet est en train de la regarder lui aussi. Exactement comme il l'a fait au tout début du camp, il salue énergiquement Pénélope de la main. Pendant une fraction de seconde, Pénélope pense à le saluer discrètement, afin que personne ne la voie. Puis elle

change d'idée. Après tout,

les amis ont l'habitude

de se saluer de la main.

Ce n'est pas plus ridicule

que crier ou pincer ou faire

une prise de karaté ou laisser

quelqu'un frotter de la purée

dans ses cheveux. Et ça ne

veut absolument pas dire

qu'on a le béguin pour

cette personne.

Si les autres enfants souhaitent se moquer d'elle et d'Olivier parce qu'ils s'envoient la main, elle va simplement les ignorer.

Pénélope lève le bras au-dessus de sa tête et agite la main.

Pénélope aperçoit le sourire radieux d'Olivier de l'autre côté de la pièce.

— Et la gagnante est…
(Isabelle marque une pause
pour faire durer
le suspense…) Pénélope
Fortin !

Pénélope gravit les marches
de l'autobus et se retourne
pour regarder le Camp
Papillon une dernière fois.
Elle comprend soudainement
le message texte que

son grand-père lui a envoyé
la veille de son départ.

> Amuse-toi bien en chemin.
> N'oublie pas, le voyage est aussi
> important que la destination.

Ça a du sens. En fait, ça
a BEAUCOUP de sens.

Elle se laisse tomber avec
enthousiasme sur le siège,
à côté de Bob, et sourit
intérieurement. Grand-papa
ne parlait pas du trajet

en autobus. Le voyage

ne faisait pas référence

au voyage vers le camp.

Il parlait plutôt de l'expérience

du camp en général,

les bonnes choses comme

les mauvaises. Elles font

toutes partie de l'expérience.

Cher/Chère (inscrire prénom),

Si tu es comme moi, tu seras un peu anxieux(se) à l'idée d'aller au camp. Mais NE T'EN FAIS PAS. C'est vraiment amusant et tu vas peut-être te surprendre toi-même.

Je te recommande également d'encourager les autres. Même si certains enfants feront probablement semblant de ne pas avoir peur!

Et ne pense pas qu'à la victoire. Parfois, les meilleures récompenses ne sont pas des médailles (ou des certificats). Parfois, ce sont juste des émotions ultra-spéciales — ou des souvenirs heureux.

Bonne chance!

Pénélope Fortin, Cabane sept

Catalogage avant publication de
Bibliothèque et Archives nationales
du Québec et Bibliothèque
et Archives Canada

Perry, Chrissie

Pénélope la parfaite
(La classe verte)
Traduction de : The Very Private List
for Camp Success
Pour enfants de 6 ans et plus.

ISBN 978-2-7625-9678-6

I. Davis, Jon- . II. Ménard, Valérie- .
III. Titre. IV. Perry, Chrissie.
Pénélope la parfaite.

À ma magnifique fille, Billie Perry

Titre original : Penelope Perfect
(The Very Private List
for Camp Sucess)
publié avec la permission
de Hardie Grant Egmont

Texte : © 2015 Chrissie Perry
Illustrations : © 2015 Hardie
Grant Egmont
Logo et concept :
© Hardie Grant Egmont
Conception et design : Elissa Webb
Le droit moral des auteurs
est ici reconnu et exprimé.

Version française
© Les Éditions Héritage inc. 2015

Traduction : Valérie Ménard
Révision : Céline Vangueluwe
Correction : Béatrice M. Richet
Graphisme : Nancy Jacques

Imprimé au Canada

Dépôt légal : 4e trimestre 2015
Bibliothèque et Archives
nationales du Québec
Bibliothèque et Archives Canada

Les Éditions Héritage inc.
1101, av. Victoria, Saint-Lambert
(Québec) Canada J4R 1P8
Téléphone : 514 875-0327
Télécopieur : 450 672-5448
information@editionsheritage.com

Nous reconnaissons l'aide financière
du gouvernement du Canada
par l'entremise du Fonds du livre
du Canada.

Nous reconnaissons l'aide financière
du gouvernement du Québec
par l'entremise du Programme
de crédit d'impôt – SODEC.